बेस्टसेलर पुस्तक
'विचार नियम'
के रचनाकार
सरश्री

मन का शोर
मिटाने का मार्ग
विचारों के शोर-गुल का अंत कैसे करें

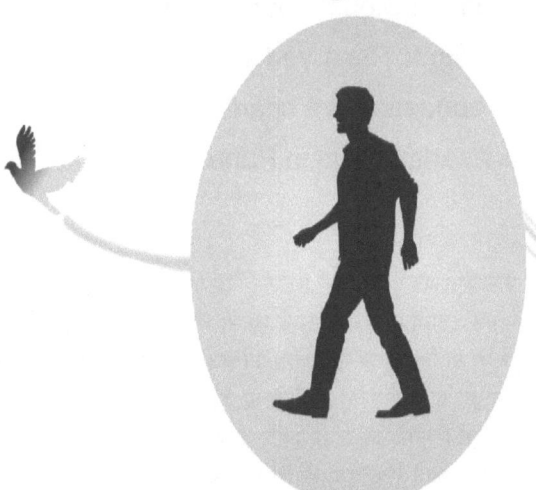

जीवन के दुःख को सुख में रुपांतरित करने की कहानी

मन का शोर मिटाने का मार्ग
विचारों के शोर-गुल का अंत कैसे करें

by **Sirshree** Tejparkhi

प्रथम आवृत्ति : फरवरी २०१८

प्रकाशक : वॉव पब्लिशिंग्ज् प्रा. लि., पुणे

© Tejgyan Global Foundation
All Rights Reserved 2018.
Tejgyan Global Foundation is a charitable organization
with its headquarters in Pune, India.

© सर्वाधिकार सुरक्षित

वॉव पब्लिशिंग्ज् प्रा. लि. द्वारा प्रकाशित यह पुस्तक इस शर्त पर विक्रय की जा रही है कि प्रकाशक की लिखित पूर्वानुमति के बिना इसे व्यावसायिक अथवा अन्य किसी भी रूप में उपयोग नहीं किया जा सकता। इसे पुनः प्रकाशित कर बेचा या किराए पर नहीं दिया जा सकता तथा जिल्दबंद या खुले किसी भी अन्य रूप में पाठकों के मध्य इसका परिचालन नहीं किया जा सकता। ये सभी शर्तें पुस्तक के खरीददार पर भी लागू होंगी। इस संदर्भ में सभी प्रकाशनाधिकार सुरक्षित हैं। इस पुस्तक का आंशिक रूप में पुनः प्रकाशन या पुनः प्रकाशनार्थ अपने रिकॉर्ड में सुरक्षित रखने, इसे पुनः प्रस्तुत करने की प्रति अपनाने, इसका अनूदित रूप तैयार करने अथवा इलेक्ट्रॉनिक, मैकेनिकल, फोटोकॉपी और रिकॉर्डिंग आदि किसी भी पद्धति से इसका उपयोग करने हेतु समस्त प्रकाशनाधिकार रखनेवाले अधिकारी तथा पुस्तक के प्रकाशक की पूर्वानुमति लेना अनिवार्य है।

Mann Ka Shor Mitane Ka Marg
Vicharon Ke Shor-gul Ka Ant Kaise Karen

विषय सूची

अध्याय १	**मैं ऐसा क्यों हूँ**	5
	ईश्वर का जवाब	
अध्याय २	**परिवर्तन**	9
	ईश्वर के जवाब का पहला पहलू	
अध्याय ३	**बोर होने का शोर**	13
	उत्तेजना और अस्थायी उपाय	
अध्याय ४	**अव्यक्तिगत प्रस्ताव**	18
	मनन से शोर का शमन	
अध्याय ५	**बेवजह खुशी**	22
	कन्नू को मिला लक्ष्य	
अध्याय ६	**शंकाओं का समाधान**	27
	परम शांति का ज़रिया	
अध्याय ७	**मन-मित्र से बातचीत**	33
	तटस्थ रहने का चमत्कार	
अध्याय ८	**शोर से मुक्ति के लिए**	38
	विचारों से हो अलगाव	

अध्याय ९	**अहम सवाल** ईश्वर के जवाब का दूसरा पहलू	44
अध्याय १०	**अंतर्ध्वनि की गूँज** निर्विचार अवस्था का स्वाद	49
अध्याय ११	**कुछ सालों बाद** कन्नू को मिला जवाब	53
	तेजज्ञान फाउण्डेशन की जानकारी	57-64

अध्याय १

मैं ऐसा क्यों हूँ?

ईश्वर का जवाब

आज कन्नू बेहद दुःखी और उदास था। 'कुदरत ने मेरे साथ इतना भद्दा मज़ाक क्यों किया... मैं औरों जैसा क्यों नहीं हूँ... मैं ऐसा क्यों हूँ... क्या मुझे पूरा जीवन ऐसे ही जीना होगा... मेरे साथ ही ऐसा क्यों...?' सोच-सोचकर कन्नू रूआँसा हो रहा था। किसे अपना दुःख बताए? कोई उसका अपना था भी तो नहीं...!

बचपन से कन्नू बस्तीवाले लोगों के बीच रहा लेकिन वे कभी भी उसे अपने नहीं लगे। न उसका कोई सगा-संबंधी था, न ही घर-बार था। कई साल पहले लोगों को कन्नू किसी कपड़े में लिपटा हुआ जंगल के पास मिला था। कुछ दूरी पर उन्हें एक औरत का मृत शरीर भी पड़ा मिला था। ऐसा लग रहा था कि उसे गुजरे दो से तीन दिन बीत चुके थे। ऐसी परिस्थिति में कन्नू का बचना कुदरत का करिश्मा ही था। लोगों ने सोचा, हो न हो वह औरत कन्नू की माँ ही हो सकती है क्योंकि उसके कान भी कन्नू की तरह बड़े-बड़े थे। अतः जंगल से वे लोग उसे अपने घर ले आए।

बड़े कान होने के कारण सभी बस्तीवाले उस छोटे बच्चे को 'कन्नू' कहकर चिढ़ाया करते थे। कन्नू बड़ा ही सीधा, नेक दिल लड़का था। वह होशियार भी बहुत था, हर काम जल्दी सीख लेता था। औरों से अलग दिखने के कारण बस्ती के लोग उसे नापसंद करते थे। कोई उससे सीधे मुँह बात भी नहीं करता था।

अकसर ऐसा होता है। कुछ लोग असामान्य दिखते हैं या उनमें कोई कमी होती है तो वे अकसर लोगों के उपहास का कारण बनते हैं। कोई काला, मोटा या ठिंगना हो तो उसे चिढ़ाया (सताया) जाता है। ऐसे लोग अपनी शारीरिक कमियों की वजह से खुद को कभी स्वीकार नहीं कर पाते। अपने साथ हुई कुदरत की नाइंसाफी का कड़वा घूँट पीते रहते हैं। इतना ही नहीं औरों के द्वारा अपने साथ हुए दुर्व्यवहार के चलते वे इतने नकारात्मक हो जाते हैं कि खुद को अपनी कमियों का एहसास दिलाकर, जीवनभर दुःखी रहते हैं। उनके जीवन में नकारात्मक विचारों का शोर छाया रहता है।

इंसान को जब भी कोई तकलीफ या दुःख होता है तब वह अपने आपसे या अपने आस-पास के लोगों से शिकायतें करता रहता है। उन्हें अपनी तकलीफ का ज़िम्मेदार ठहराता है। दूसरों पर अपनी नाराज़गी और क्रोध व्यक्त करता है। यहाँ तक कि वह ईश्वर से भी अपनी शिकायतें करता है!

इस कहानी का नायक कन्नू भी ऐसा ही था। लोगों की बातों से तंग आकर एक दिन वह ऊँची पहाड़ी पर जाकर बैठा। जहाँ वह अकसर बैठकर अकेले घटों आसमान को निहारा करता था। केवल आसमान को ही कन्नू अपने दिल की बातें बेझिझक बता पाता था।

आज वह अत्यंत दुःखी था। 'अरे! तू कैसा दिखता है... तेरे कान कैसे हैं... तू इंसानों की तरह नहीं दिखता... तू इंसान का बच्चा नहीं हो सकता।' रह-रहकर कन्नू के कानों में बस्तीवालों के चिढ़ाने की आवाज़ें गूँज़ रही थीं। उसके अंदर विचारों का शोर इतना था कि उसने अपने हाथों से अपने ही कान बंद कर लिए। उसके लिए यह असहनीय था। अतः रोते हुए कन्नू ने ज़ोर-ज़ोर से चिल्लाकर ईश्वर से शिकायत की, 'हे ईश्वर, आपने मुझे ऐसे क्यों बनाया... मुझे भी औरों जैसे बनाते तो आपको क्या फर्क पड़ता... सभी मेरा मज़ाक उड़ाते हैं... मुझे सताते हैं... मुझे कोई भी चैन से रहने क्यों नहीं देता... बताइए मैं क्या करूँ...कहाँ जाऊँ...?'

कन्नू ने रो-रोकर अपने मन की व्यथा ईश्वर को सुनाई तब उसे अपनी ही अंतर गूँज सुनाई दी, जिससे आगे चलकर उसका संपूर्ण जीवन परिवर्तित होनेवाला था। उस अंतर्ध्वनि की वजह से खुशी से जीने का राज़, जो उसके अंदर पहले से ही मौजूद था, उसे ज्ञात हुआ। कन्नू को अपनी ही आंतरिक गूँज में ईश्वरीय आवाज़ सुनाई दी...

'जो तुम हो, वही बनकर रहो...! Be as you are...!'

कन्नू को जब ईश्वर की आवाज़ का अपनी ही अंतर्ध्वनि के रूप में जवाब मिला तो उसे लगा कि ईश्वर ने उसकी प्रार्थना को अनसुना कर, उसके साथ नाइंसाफी की है। कन्नू के मन में फिर विचारों का शोर मचने लगा- 'यह कैसी आवाज़ थी- जो तुम हो, वही बनकर रहो! मैं जो हूँ, उसी की वजह से तो सारी तकलीफें हैं!' जिस तरह आवाज़ आई, 'जो हो वही बने रहो' तो उसने सोचा पूरे जीवनभर उसे ऐसा ही 'बड़े कानवाला' बने रहना है ताकि लोग उसे और भी चिढ़ाएँ, ऐसे ही परेशान करते रहें। अतः उसे लगा, ईश्वर ने उसकी कोई मदद तो की नहीं पर जैसा वह है, वैसा ही बना रहने के लिए कहा। यह सोच-सोचकर वह और भी दुःखी होता रहा।

कन्नू की तरह इंसान भी हमेशा कुछ न कुछ बनने की कोशिश में लगा रहता है। जैसे किसी बड़ी कंपनी का बॉस... अमीर व्यवसायी... सफल बिजनेसमैन... ईमानदार ऑफिसर... बड़ा लीडर... जाना-माना राजनीतिज्ञ, चैंपियन खिलाड़ी... आदि। वह अपना पूरा जीवन, पूरी ताकत वही बनने में व्यतीत कर देता है। इतना सब करने के बाद अगर उसे किसी दिन अपनी मनचाही सफलता प्राप्त हो गई तो भी वह संतुष्ट और खुश नहीं होता क्योंकि वह जो इस पृथ्वी पर करने आया था वह न करके बाकी बातों में ही लगा रहा। अगर उसने वास्तव में 'मैं कौन हूँ', यह जान लिया होता तो अपना समस्त जीवन दुःख में व्यतीत नहीं किया होता। हकीकत में वह ईश्वर की आवाज़ को अनसुना कर, बड़ी गलती कर देता है।

इंसान को अंत में एहसास होता है कि असल में उसे जो करना था, वह छोड़कर बाकी सब कुछ कर लिया। इस तरह देखा जाए तो वह पूरी दुनिया जीत लेता है मगर अपना जीवन हार जाता है। अगर उसने अपनी आंतरिक आवाज़ को पहचाना होता तो संपूर्ण सफलता उसके कदम चूमती। उसके बाद उसका शेष जीवन असीम आनंद

और उच्चतम अभिव्यक्ति करने में गुज़रता। इतना ही नहीं वह पृथ्वी पर ही अपनी सभी संभावनाओं को खोल पाता तथा औरों के लिए भी निमित्त बनता।

ईश्वर इंसान से जो कार्य करवाना चाहता है, उसके विचार सवालों के रूप में इंसान को अंदर से आते हैं। इसलिए अंदर उठनेवाले सवालों का महत्त्व है। ऐसे सवालों में सबसे बड़ा सवाल है–'हू एम आय, मैं कौन हूँ...?' इस सवाल का जवाब जो खोज लेते हैं, वे जीवन के शोर से मुक्त होकर ईश्वर की आवाज़ के प्रति ग्रहणशील होने लगते हैं। जिन्हें सत्य से प्रेम है, वे ईश्वर की आवाज़ यानी अपने अंदर की आवाज़ को सुनने से इनकार नहीं करते।

उपरोक्त कहानी द्वारा हमें यह इशारा दिया गया है कि **'जो तुम हो, वही बने रहो!'**

अब आप सोचेंगे कि यह इशारा हमें क्यों दिया गया, यह संदेश हमारे किस काम का है? तो इसे ऐसे समझें कि यदि हम 'मैं कौन हूँ' इस गहरे रहस्य से परदा उठाकर अपने अंदर की आवाज़ को सुन पाएँ तो हमारी सारी समस्याएँ सुलझ सकती हैं क्योंकि हमारे भीतर की आवाज़ हमें हर घटना में सही समय पर सही निर्णय लेने में मदद करती है। क्योंकि यह सत्य की आवाज़ है इसलिए यह कभी गलत नहीं हो सकती।

कन्नू को ईश्वर के आवाज़ की झलक तो मिल चुकी थी मगर क्या वह इस घटना की गंभीरता को समझ पाया? जानने के लिए अगले अध्याय की ओर बढ़ें।

अध्याय २

परिवर्तन

ईश्वर के जवाब का पहला पहलू

कन्नू पहाड़ से नीचे उतर आया। उसके कानों में अभी भी ईश्वर (प्रकृति) की आवाज़ गूँज रही थी। उसे समझ में नहीं आ रहा था कि ईश्वर ने उसके साथ ऐसा मज़ाक क्यों किया? कन्नू के मन में ईश्वर के प्रति नाराज़गी, क्रोध और दुःख के मिले-जुले भाव थे। उसे लग रहा था कि 'मेरा कोई नहीं, ईश्वर ही आखिरी उम्मीद थी लेकिन अब वह भी खत्म हो गई।'

इसी हताशा और मायूसी के चलते एक दिन कन्नू ने बस्ती छोड़ने का मन बना लिया। उसने तय कर लिया कि अब वह यहाँ से दूर कहीं और जाकर रहेगा, जहाँ उसके बड़े कानों को देखकर, उसका मज़ाक नहीं उड़ाया जाएगा। ऐसा सोचकर वह बस्ती छोड़कर चल पड़ा। जीवन बिताने के लिए किसी नई जगह की तलाश में कन्नू कई दिनों तक यहाँ-वहाँ भटकता रहा। वह लोगों से दूर चला जाना चाहता था ताकि किसी की उस पर नज़र न पड़े।

चलते-चलते वह किसी दूसरे राज्य में पहुँच

गया। वहाँ के लोग कन्नू को देखते थे तो उनकी नज़रें उसके कानों पर टिक जाती थीं। कन्नू यह देखकर चुप-चाप आगे चलता रहा और लोगों की चुभनभरी नज़रों से बचने का प्रयास करता रहा। इतने में किसी ने वहाँ के राजा के सिपाहियों को कन्नू की खबर दी। देखते ही देखते अचानक वहाँ राजा के बहुत सारे सिपाही आ पहुँचे और कन्नू को घेर लिया। वह कुछ कह पाता उसके पहले ही सिपाही उसे अपने साथ ले गए।

कन्नू डरा-सहमा सा, समझ ही नहीं पाया कि सिपाही उसे अपने साथ क्यों ले जा रहे हैं। पूछने पर सिपाहियों ने बताया, 'तुम्हें महाराज कर्ण के पास ले जा रहे हैं। हमारे राजा का कोई पुत्र नहीं है इसलिए उन्होंने यह ऐलान करवाया है कि जिसके कान सबसे बड़े होंगे, वही उस राज्य का अगला उत्तराधिकारी बनेगा और संयोग से तुम्हारे कान बड़े हैं इसलिए हम तुम्हें अपना राजा बनाने के लिए ले जा रहे हैं।' कन्नू को लगा यहाँ फिर से कुदरत उसके साथ कोई मजाक कर रही है। मगर अब वह वहाँ से भाग भी नहीं सकता था इसलिए दु:खी मन से सिपाहियों के साथ चलता रहा।

सिपाहियों ने कन्नू को ले जाकर राजा के सामने प्रस्तुत किया। राजा को देखकर कन्नू स्तब्ध रह गया। उसकी आँखें महाराज के चेहरे से हटने का नाम ही नहीं ले रही थीं। कन्नू की तरह राजा के कान भी बड़े थे। वह कुछ कहना चाह रहा था लेकिन शब्द उसका साथ नहीं दे रहे थे। अपनी लड़खड़ाती हुई जुबान से बस इतना ही कह पाया, 'आपके भी कान...' महाराज यह सुनकर खिलखिलाकर हँस पड़े, वे कन्नू का आशय समझ चुके थे। महाराज ने कहा, 'हाँ! मेरे कान भी तुम्हारे कानों की तरह बहुत बड़े हैं। मेरे लिए बड़े कान होना बहुत ही प्रसन्नता की बात है, इससे मैं अपनी प्रजा की तकलीफें सुनकर, उन्हें दूर कर सकता हूँ। क्यों सच कहा न?'

कन्नू अभी इस आश्चर्य भरे स्वप्न की तरह प्रतीत होनेवाले दृश्य से पूरी तरह निकल भी नहीं पाया था कि महाराज ने आकर उसे अपने गले से लगा लिया और उसे अपने राज्य का भावी राजा घोषित कर दिया। साथ ही साथ यह भी घोषित किया कि बहुत ज़ल्द नए राजा का राज्याभिषेक होने जा रहा है इसलिए किसी भी तैयारी में कोई कमी नहीं होनी चाहिए।

घोषणा होते ही आनेवाले उत्सव की तैयारी जोर-शोर से होने लगी। पूरे महल में आनंदोत्सव के साथ ढोल-ताशे बजने लगे। लोगों की खुशी का ठिकाना

न रहा। कन्नू को बधाई देने के लिए महल के चारों ओर से भीड़ टूट पड़ी। कन्नू के लिए ये सब कुछ नया था, उसे खुशी भी हो रही थी लेकिन इतना शोर उसके लिए असहनीय था। उसके न सिर्फ आस-पास शोर था बल्कि उसके मन में भी शोर मचा हुआ था... विचारों का शोर, खुशी और आश्चर्य का शोर। उसे अब भी विश्वास नहीं हो रहा था कि उसकी परिस्थिति यूँ एक पल में बदल जाएगी... जीवन में इतना बड़ा परिवर्तन आएगा। इसलिए अविश्वास के विचार भी अपना शोर मचा रहे थे! उसके मन में इतने विचार एक के बाद एक आ रहे थे कि उसने अपने कान बंद कर लिए। उसकी आँखों के आगे अंधेरा सा छा गया। शोर बंद होने का नाम ही नहीं ले रहा था। महराज कर्ण ने उसकी तकलीफ भाँप ली और वे कन्नू को अपने कक्ष में ले गए।

कुछ देर बाद जब कन्नू थोड़ा शांत महसूस करने लगा तब उसने राजा से पहला सवाल किया, 'आपने मुझे राजा क्यों बनाया?' महाराज ने शरारती अंदाज़ में बताया, 'मुझे बड़े कानोंवाला उत्तराधिकारी चाहिए था इसलिए मैंने पूरे राज्य में घोषणा करवा दी थी। संयोगवश तुम वैसे ही निकले, जिसकी मुझे तलाश थी।'

कन्नू को महाराज का जवाब असंतोषजनक लगा। इसलिए उसने अपना अगला सवाल रखा, 'आपकी उम्र इतनी भी बड़ी नहीं है कि आपको उत्तराधिकारी की ज़रूरत महसूस हो।'

महाराज ने मुस्कुराकर जवाब दिया, 'अभी आए हो और तुम्हें अभी सारे जवाब जानने हैं? कुछ सवाल कल के लिए भी बचाकर रखो।' कन्नू के साथ अचनाक इतनी बड़ी घटना हो गई कि वह सब कुछ जानने के लिए बड़ा उत्सुक और उत्साहित था। राजा ने उसके मन की बात जान ली, उसे बताया कि 'तुम्हारे सारे सवालों के जवाब तुम्हें मिल जाएँगे, सारी शंकाओं का समाधान हो जाएगा लेकिन पहले तुम थोड़ा आराम कर लो।'

ऐसा कहकर राजा ने सेवक को आदेश दिया कि 'नए राजा के लिए शयनकक्ष तैयार किया जाए, उसके पहले उनके जलपान की व्यवस्था की जाए।' दूसरे सेवक को आदेश दिया कि राजसी वस्त्रों आदि का प्रबंध किया जाए। साथ ही राजा ने सबको हिदायत दी कि अब से हरेक को नए राजा की हर आज्ञा का पालन करना है। ऐसा कहकर वे अपने कक्ष से बाहर चले गए।

एक सेवक कन्नू को उसके नए कमरे में ले गया। कुछ देर पश्चात कई दास-

दासियाँ उसके लिए तरह-तरह के व्यंजन, सोने-चाँदी के पात्रों में सजाकर ले आए। कन्नू ने सपने में भी नहीं सोचा था कि उसका जीवन इस तरह बदल जाएगा। कल तक वह दुःखी-परेशान, बदहवास सा अपनी किस्मत को कोसता हुआ, यहाँ से वहाँ भटक रहा था और आज वह एक राज्य का राजा बन गया था और सोने-चाँदी के बरतनों में खाना खा रहा था। दास-दासियाँ उसके लिए पंखा झल (हाँक) रहे थे, उसकी आज्ञा का पालन करने के लिए तत्पर थे। कन्नू को अपने भाग्य पर यकीन नहीं हो रहा था। 'यह हकीकत है या कोई सुंदर सपना? अगर सपना है तो मैं इस सपने से बाहर नहीं आना चाहता।'

कन्नू ने इतना भरपेट भोजन कर लिया कि उसकी आँखें नींद से बोझिल होने लगीं। वह सोना चाहता था। अतः उसने दास-दासियों को 'एकांत' कहा और वह नरम मुलायम बिछौने पर सो गया। जब वह उठा तब शाम की बेला हो चली थी। पूरा महल जगमग रोशनी से झिलमिला रहा था। उसने अपने आस पास नज़र दौड़ाई तो देखा कि राजा कर्ण किसी सेवक को कोई हिदायत दे रहे थे।

आज तो कन्नू की खुशी और आश्चर्य का ठिकाना ही न था। जिन बड़े कानों की वजह से वह हमेशा दुःखी रहता था, ईश्वर से शिकायतें करता रहता था, वे कान ही उसके राजा बनने का कारण बने। आज उसे एहसास हुआ कि उसकी आंतरिक प्रतिध्वनि द्वारा जो मार्गदर्शन मिला था, वह कितना सही था। अगर कुछ और बनने की उसकी चाहत पूरी होती तो आज जिस वैभव का आनंद उसे मिल रहा था, वह कभी नहीं मिलता था। **'जो हो, वही बनकर रहो'** यह पंक्ति आज उसे दुःख नहीं बल्कि आनंद दे रही थी।

साथ ही उसे इस बात का भी एहसास हुआ कि अगर वह ईश्वर की बात पहले ही समझ जाता तो उसे यात्रा के दौरान इतना दुःख या तनाव का सामना न करना पड़ता। यात्रा में चल रहे विचारों के शोर से वह बच जाता। अतः उसने ठान लिया कि आज के पश्चात वह ईश्वर की आवाज़ का पालन हर हाल में करेगा, फिर चाहे वह आवाज़ तार्किक हो या अतार्किक! आज वह ईश्वर को मन ही मन धन्यवाद दे रहा था। मगर अभी भी वह ईश्वर की बात पूरी तरह से नहीं समझ पाया था।

कन्नू के जीवन से अब शारीरिक स्तर का शोर कुछ कम हुआ था क्योंकि उसने अपने कानों के अजीब रचना को स्वीकार कर लिया था। यहीं से उसने शोर से मुक्ति का अपना पहला कदम रखा।

अध्याय ३

बोर होने का शोर

उत्तेजना और अस्थायी उपाय

कन्नू उठा तो राजा की नज़र कन्नू पर पड़ी। वे मुस्कुराते हुए उसके पास आए। 'आशा है तुम्हें नींद अच्छी आई होगी?'

'जी हाँ! महाराज, बहुत अच्छी नींद आई।' राजा कन्नू के कंधे पर हाथ रखकर, उसे अपने साथ महल की छत पर ले गए। उन्होंने कन्नू को बताया, 'कुछ ही दिनों में तुम्हारा प्रशिक्षण शुरू हो जाएगा। तुम्हें कड़ी मेहनत करके, उसमें सफल होना है।' कन्नू ने आश्चर्य से राजा की ओर देखा।

'राजा बनने के लिए कड़ी मेहनत!'

'हाँ, तो! परंतु तुम कर पाओगे, इसका मुझे पूरा यकीन है। तुम खुद ही सोचो, इतने बड़े राज्य का कारोबार सँभालना क्या कोई आसान काम है? लेकिन घबराने की ज़रूरत नहीं है, मैं हूँ न तुम्हारे साथ।'

महाराज के इन शब्दों की वजह से कन्नू को प्रेम और सहारा महसूस हुआ। महाराज उसे अब अपने लगने

लगे। बस्तीवालों की वजह से कन्नू के मन में 'लोग बुरे हैं' इस विचार ने बड़ा शोर मचा रखा था। महाराज के व्यवहार से यह शोर ज़रा शांत होने लगा था। उसके चेहरे पर एक मुस्कान आई, जिसे देखकर महाराज भी मुस्कुराए और बोले, 'तो आओ इसी बात पर 'ध्यान' हो जाए।' राजा ने कन्नू को आसन की तरफ इशारा करते हुए कहा। कन्नू की समझ में कुछ नहीं आ रहा था।

पास ही बिछे हुए आसन पर राजा ध्यान की मुद्रा में आँखें बंद करके बैठ गए। उन्हें देखकर कन्नू समझ गया कि उसे भी दूसरे आसन पर आँखें मूँदकर बैठना है और वह बैठ गया। आँखें बंद करते ही उसके अंदर विचारों का शोर बढ़ने लगा। उसे ध्यान करना नहीं आता था इसलिए बड़ी बोरियत महसूस हो रही थी। एक क्षण बीता नहीं कि उसने अपनी आँखें खोल दीं। कन्नू ने देखा कि महाराज तो शांत मुद्रा में बिना हिले-डुले आराम से बैठे हैं। उसे एक पल के लिए लगा कि वह वापस नीचे, अपने कमरे में भाग जाए लेकिन फिर विचार आया, 'नहीं... नहीं... यह ठीक नहीं होगा, महाराज क्या सोचेंगे?' उसने फिर से अपनी आँखें बंद कीं।

कन्नू बहुत कोशिश कर रहा था मगर उससे ध्यान नहीं हो पा रहा था, वह बैठे-बैठे परेशान हो रहा था और महाराज थे कि ध्यान से उठने का नाम ही नहीं ले रहे थे।

आखिरकार कन्नू आँखें खोलकर महाराज के ध्यान से उठने की प्रतीक्षा करने लगा। शाम ढल चुकी थी, तारे टिमटिमाकर काले आकाश में बिखर गए थे। काफी देर बाद महाराज ने आँखें खोलीं। कन्नू ने लंबी साँस ली, जैसे वह किसी बोझ से मुक्त हुआ हो। महाराज ने कन्नू के चेहरे पर प्रश्न चिन्ह पढ़ लिया। 'महाराज आप इतनी देर ध्यान में क्या देख रहे थे?' कन्नू ने बेसब्री से पूछा। महाराज ने हँसकर जवाब दिया कि 'ध्यान में देखना नहीं बल्कि होना होता है।' कन्नू ने जवाब को समझे बिना ही महाराज की तरफ दूसरा सवाल उछाल दिया। 'आप बोर नहीं होते? मैं तो इतनी देर बैठ-बैठकर उकता गया था।'

महाराज कन्नू को देखकर मुस्कुरा दिए। कन्नू उन्हें अपने पुत्र जैसा प्रिय लगने लगा था इसलिए उसके हर सवाल का जवाब वे बहुत सोच-विचार करके देते थे। वे चाहते थे कि कन्नू को हर तरह के प्रशिक्षण के साथ-साथ सारी जानकारी भी मिले ताकि उसका संपूर्णता से विकास हो।

महाराज ने कन्नू से पूछा कि 'क्या तुमने कभी सोचा है कि तुम दिन में कितनी

बार बोर होते हो? या कितनी बार यह पंक्ति दोहराते रहते हो, 'मैं बोर हो रहा हूँ।' यदि नहीं तो अब सोचो, याद करो...!' तुम्हारे मन में इस वक्त जो भी संख्या आई है, वह वास्तविक संख्या से कम ही होगी। लोग दिन में कितनी बार बोर होते हैं, यह उन्हें खुद भी पता नहीं है। अब ज़रा इन सवालों पर गौर करो–

▸ क्या तुम खुद को शक्तिहीन, मुर्दा सा महसूस करते हो?

▸ क्या तुम खुद को उदास और निराश पाते हो?

▸ क्या तुम्हारे जीवन में कोई उमंग, तरंग नहीं बची है?

▸ क्या तुम्हारे पास बहुत सा खाली समय है, जो कटता नहीं है?

▸ क्या तुम्हें हर वक्त उत्तेजना की चाहत रहती है?

तुम्हारे इन सभी सवालों का जवाब अगर 'हाँ' है तो तुम बोरडम की बीमारी से ग्रस्त हो।

जब लोग टी.वी. देखने बैठते हैं तब अकसर उनके मुँह से पंक्ति निकलती है, 'इन सीरियल बनानेवालों को और कोई सीरियल नहीं मिलते क्या, एक ही तरह के सीरियल बना-बनाकर हमें बोर करते हैं या यह सीरियल पहले कितना अच्छा हुआ करता था, अब कितना बोर हो गया है न?'

अकसर घरों में ऐसी पंक्तियाँ सुनने को मिलती हैं, 'कितनी बोरिंग सब्ज़ी बनाई है... चलो, आज होटल में जाकर खाना खाते हैं।'

दुकानदार घर जाकर अपने घरवालों से कहता है, 'आज मार्केट बहुत ठंढा था, सारा दिन एक जगह बैठ-बैठकर मैं बोर हो गया।'

ऑफिस में कार्यरत इंसान कहता है, 'आज ऑफिस में मीटिंग थी, बॉस ने बोर कर दिया।' बच्चे भी कहते रहते हैं, 'मैं बोर हो रहा हूँ या यह कितना बोरिंग गेम है या कितनी बोरिंग कहानी है या यह कार्टून कितना पकाऊ है।'

उपरोक्त पंक्तियाँ सुनकर तुम्हें आश्चर्य हुआ होगा कि हम एक दिन में ऐसी न जाने कितनी पंक्तियाँ कहते रहते हैं, जिनमें 'बोर' शब्द आता है। अर्थात बोरियत लोगों में सामान्य होती जा रही है। दुःख की बात तो यह है कि कोई इस फैलती हुई बीमारी के प्रति सजग ही नहीं है।

ये सब सुनकर कन्नू ने गंभीरता से पूछा, 'इसका मतलब बोरडम सचमुच में एक बीमारी है।'

'हाँ, जब लोग कहते हैं, 'मैं बोर हो रहा हूँ' तब यदि इन लोगों से पूछा जाए, 'आप बोर हो रहे हैं यानी आपके साथ निश्चित क्या हो रहा है? आपको अंदर से कैसी भावना आ रही है?' तो शायद वे इन सवालों के जवाब नहीं दे पाएँगे क्योंकि उन्हें भी पता नहीं है कि बोर होना यानी क्या? बोरडम क्या है? दरअसल यह एक ऐसी बीमारी है, जिसका इलाज बाहर नहीं, हमारे अंदर ही है। वरना बोरडम से इंसान खुद के साथ-साथ औरों का भी नुकसान करता है। यह बीमारी इंसान को निष्क्रिय बना देती है। इतनी खतरनाक बीमारी होने के बावजूद भी आज तक किसी ने इस विषय में न ज्यादा कुछ कहा है और न ही कुछ लिखा है।'

महाराज ने कहना जारी रखा, 'अब समय आया है इसके प्रति लोगों को जागृत किया जाए, बोरडम से मुक्त होने के तरीकों की जानकारी दी जाए। असल में बोरडम एक प्रकार की नकारात्मक भावना (विकार) ही कही जा सकती है। बोरडम का महसूस होना यह दर्शाता है कि इंसान का मन गलत दिशा में जा रहा है। उसका लक्ष्य एक तरफ है और मन विपरीत दिशा में है। इंसान के मन को जब भी कोई नकारात्मक भावना विचलित करती है तो उसे समझ जाना चाहिए कि उसका अपने लक्ष्य के साथ तालमेल बिगड़ गया है। जब वह अपना हर कार्य लक्ष्य की तरफ तरंगित (ट्यून्ड) होकर करेगा तब उसके मन में सकारात्मक भावों का आगमन होगा और वह हर तरफ सकारात्मक उमंग को महसूस कर पाएगा।'

'जब मन में बोरडम महसूस होने लगता है तब इंसान स्वयं को उदास व निराश पाता है। उसमें कुछ भी करने की उमंग शेष नहीं रहती। उसे लगने लगता है जैसे उसके जीवन में सब कुछ रुक गया है। यह अवस्था खतरनाक है। इस अवस्था में इंसान अपनी बोरियत से बाहर आने के लिए अस्थायी तरीके अपनाता है। जैसे पार्टियों में जाना, टी.वी. देखना, नशा करना, इंटरनेट पर घंटों-घंटों समय गँवाना इत्यादि। ये अस्थायी तरीके इंसान को तुरंत राहत पहुँचाते हैं इसलिए उसे लगता है जैसे ये बोरडम से मुक्ति के स्थायी उपाय हैं। वह अपने आस-पास के सभी लोगों को इन्हीं उपायों को अपनाते देखता है और स्वयं भी इन्हीं तरीकों के साथ जीता है। परंतु उसे यह ज्ञात नहीं होता कि वह किस भँवर में फँसता जा रहा है।'

ऐसे में मन को बहलाने के लिए इंसान कोई न कोई तरीका ढूँढ़ निकालता

है। किसी को सताकर, परेशान करके वह स्वयं को जिंदा महसूस कर, उत्तेजित होना उसे अच्छा लगता है। उत्तेजना से भरा हुआ इंसान खुद को बहुत खुश पाता है। उसे पता नहीं होता कि यह अस्थायी खुशी है जो उत्तेजना से प्राप्त हुई है, यह सिर्फ कुछ देर तक ही रहेगी। फिर जब उत्तेजना खत्म हो जाती है तब फिर से शुरू होती है बोरियत, जो पहले से बढ़कर आती है। अब उस बोरियत से छुटकारा पाने के लिए इंसान को पहले से ज्यादा उत्तेजना तैयार करनी पड़ती है। अब उसे पहली पार्टी से बड़ी पार्टी का आयोजन करना पड़ता है, पहले से अधिक नशा करना पड़ता है, पहले से अधिक लोगों को परेशान करना पड़ता है। इस तरह उत्तेजना का कभी न खत्म होनेवाला यह दुष्चक्र चलता रहता है।'

'आज हर जगह हमें ऐसे युवक दिखाई देते हैं, जो अनचाही उत्तेजनाओं में उलझे हुए हैं। स्कूल-कॉलेज के विद्यार्थियों पर नई तकनीकों का गहरा असर होता है इसलिए वे बोरडम से बचने के नए-नए उपाय खोज निकालते हैं। इंटरनेट और मोबाईल इसके ताजा उदाहरण हैं। नेट का अर्थ ही है 'जाल'। आज की युवा पीढ़ी इस जाल में फँसती जा रही है। जो चीज़ बहुत उपयोगी थी, उसका गलत इस्तेमाल हो रहा है। मोबाईल पर लोगों की घंटों अनावश्यक बातें चलती रहती हैं। उनका आधा जीवन तो एस.एम.एस. (SMS) भेजने तथा एस.एम.एस पाने में बीत जाता है। इस तरह सही सोच व दिशा न होने के कारण लोग अस्वस्थ मनोरंजन में फँसते चले जा रहे हैं। आश्चर्यजनक बात तो यह है कि कई लोगों को यह विचार तक नहीं आता कि हमें बोरडम नामक बीमारी हो चुकी है, जिससे जल्द से जल्द बाहर आना आवश्यक है।'

'जब तक इंसान को बीमारी दिखाई नहीं देगी तब तक उसका इलाज ढूँढ़ा नहीं जाएगा। इसलिए ज़रूरी है कि पहले उसे इस बीमारी का पता चले ताकि इससे मुक्त होने की ज़रूरत महसूस हो। फिर वह इससे मुक्ति के स्थायी इलाज ढूँढ़कर, स्थायी मुक्ति प्राप्त कर पाएगा।'

महाराज की बातें सुनकर कन्नू के मन में ध्यान के समय उठा बोरडम का शोर अब मिट चुका था। बिलकुल वैसे ही जैसे उजाले के होते ही अंधेरे का अंत होता है। लेकिन कन्नू अब बोरडम मिटाने के स्थायी उपाय जानना चाहता था। महान राजा बनने की राह में आनेवाली हर रुकावट (विकार) को मिटाने की चाहत अब कन्नू में जाग चुकी थी।

अध्याय ४

अव्यक्तिगत प्रस्ताव
मनन से शोर का शमन

ध्यान के दौरान उठा बोरडम का शोर शांत होने के पश्चात कन्नू महाराज की बातों पर मनन कर पाया था। अपने मनन के बारे में कन्नू ने महाराज को बताया, 'यदि लोगों को 'बोरडम' नामक इस बीमारी की जानकरी मिल जाए तो कितना बढ़िया होगा। इसी के साथ यदि वे अस्थायी इलाजों से होनेवाले नुकसानों को भी जान जाएँ तो बोरडम से मुक्ति की तरफ सबसे पहला उठनेवाला कदम होगा– अस्थायी इलाजों से मुक्ति।'

महाराज ने कन्नू के मनन से खुश होकर कहा 'बिलकुल सही!'

कन्नू ने एक सवाल किया, 'इंसान तो यही सोचेगा कि इतने सालों से उसने इन्हीं अस्थायी तरीकों को अपनाया है तो अब इनसे बाहर कैसे आए?'

इस पर महाराज ने सुझाव दिया, 'ऐसे समय में उसे अपना ध्यान उन बातों में लगाना होगा, जो उसे जीवन में आगे बढ़ा सकती हैं। यदि वह अपना ध्यान

निरर्थक बातों से हटाकर, उन बातों में लगाए, जो उसे अपने लक्ष्य की ओर अग्रसर करती हों तो यह समय का सदुपयोग होगा। बोर होने के बजाय, समय का सदुपयोग करना ज्यादा लाभदायक है। ऐसे में सबसे पहले पुस्तकों को अपना मित्र बनाएँ।'

'अंग्रेजी में एक कहावत है – 'Readers are leaders' (पढ़नेवाले नायक होते हैं)। इसका अर्थ है– जो लोग पुस्तकों को अपना मित्र बनाते हैं, वे जीवन में आसानी से आगे बढ़ते हैं। जो इंसान सही पुस्तकों का चयन करता है और स्वयं में पुस्तकें पढ़ने की आदत विकसित करता है, वह स्वयं के लिए सफलता के नए रास्ते खोल सकता है। वरना जैसे ही खाली समय मिला, इंसान टी.वी. चालू कर देता है, घंटों कोई फिल्म या कई प्रोग्राम देखता रहता है... इसके बजाय, खाली समय में कोई आत्मविकास (सेल्फ डेवलपमेंट) की पुस्तक पढ़ने से या कोई प्रेरणादायक कहानी पढ़ने से ज्ञान हासिल किया जा सकता है।

जीवन में आत्मविकास करना, मनोरंजन से ज्यादा महत्वपूर्ण है, इस बात को समझने की आवश्यकता है। अच्छी पुस्तकें पढ़ने के बाद इंसान देख पाएगा कि उसके गुणों में, विचारों में, कार्यों में योग्य विकास होगा।' महाराज ने कन्नू को देखते हुए कहा।

'यदि किसी इंसान ने कभी चित्र बनाया ही न हो तो उसे कैसे पता चलेगा कि वह अच्छा चित्रकार है या नहीं? ज़रा सोचो अगर सभी बोरडम में डूबकर यदि अपनी कलाओं से महरूम ही रहें तो यह दुनिया कितनी उदास हो जाएगी। अपने लुप्त गुणों की अभिव्यक्ति करने पर इंसान कब ईश्वर के नजदीक पहुँच जाता है, यह वह खुद भी नहीं जानता। ईश्वर के नजदीक पहुँचकर उसे समय का होश ही नहीं रहता। जब वह अपनी अभिव्यक्ति से बाहर आता है तब उसे आनंद और संतोष महसूस होता है। उसे वह आनंद ईश्वर के नजदीक जाने के कारण मिलता है।

हरेक इंसान में कोई न कोई मौलिक गुण होता है। जिसकी अभिव्यक्ति इंसान किसी भी परिस्थिति में कर सकता है। ये मौलिक गुण औरों को प्रेम बाँटने से लेकर नृत्य या संगीत जैसी कलाओं की आराधना या वैज्ञानिक खोज कर पाने तक कुछ भी हो सकते हैं। कोई भी मौलिक गुण बड़ा या छोटा नहीं होता। हर इंसान के जीवन में उसके गुणों का समान महत्त्व होता है। अपने मौलिक गुण का लाभ संपूर्ण मनुष्य जाति को हो, इन कोशिशों में इंसान लगा रहे तो बोर होने का सवाल ही नहीं उठता। बस वह

अपने मौलिक गुण को पहचान पाए। इसके लिए अलग-अलग प्रयोग करने आवश्यक हैं। कुछ न कुछ नया करने के प्रयत्नों द्वारा ही इंसान का मौलिक गुण उसके सामने आएगा।'

इस पर सोच-विचार करके कन्नू के कहा, 'यानी अगर इंसान को किसी कला में रुचि हो तो उसे सीखना शुरू कर देना चाहिए। यदि रुचि नहीं है तो विभिन्न कलाओं की जानकारी इकट्ठी करनी चाहिए और उनमें से जो भी कला पसंद हो, उसे सीखना शुरू करना चाहिए। इससे इंसान को आनंद मिलता रहेगा और जहाँ आनंद होता है वहाँ बोरडम के लिए कोई जगह ही नहीं होती।' कन्नू गहरा मनन कर रहा था। मानो, उसे मनन द्वारा अपने मन के शोर का जल्द से जल्द शमन करना था!

महाराज ने खुश होकर कन्नू को शाबाशी दी। वे इस बात से आनंदित थे कि भावी राजा के पद के लिए कन्नू को चुनने का उनका निर्णय सही था। कन्नू की खुशी देखकर महाराज को यकीन हुआ कि उसे खुद की और राज्य की भलाई में ही रुचि है।

कन्नू ने फिर महाराज को बताया, 'महाराज... मैं आज से नहीं बल्कि अभी इसी क्षण से ज्ञानवर्धक किताबों का पठन और अपने मौलिक गुण की खोज शुरू करनेवाला हूँ! आपका बहुत-बहुत धन्यवाद कि आपने मुझे यह ज्ञान दिया।'

इतना कहकर कन्नू राज-महल के ग्रंथालय की ओर निकल पड़ा। यह देखकर महाराज को अब इस बात का यकीन हुआ कि कन्नू को न सिर्फ आत्मविकास में रुचि है बल्कि वह उसके लिए प्रयत्नशील भी है। लेकिन कन्नू एक बात भूल रहा था इसलिए महाराज ने कन्नू को रोककर छूटी हुई कड़ी बताई, 'कन्नू... तुम मुख्य बात भूल रहे हो... ध्यान साधना।' कन्नू ने भ्रमित होकर महाराज की ओर देखा और कहा, 'ध्यान साधना? मगर मुझे तो ध्यान करते हुए ही बोर हो रहा था। ध्यान साधना भला बोरडम का उपाय कैसे हो सकता है?'

महाराज ने मुस्कुराकर कहा, 'कन्नू... ध्यान केवल बोरडम का ही नहीं बल्कि इंसान के सभी विकारों का उपाय है। अतः यह मेरा आग्रह है कि तुम ध्यान साधना करना जल्द से जल्द सीख जाओ।' कन्नू को महाराज का यह विचार इतना पसंद तो नहीं आया मगर उसने महाराज की हर बात मानने का मन ही मन ठान लिया था। अतः कुछ सोचकर उसने महाराज के समक्ष एक प्रस्ताव रखा 'महाराज... मैं ध्यान साधना करना तो चाहता हूँ मगर इस बारे में मुझे कुछ भी ज्ञान नहीं है। क्यों न आप मुझे ध्यान

करना सिखाएँ? मेरे साथ-साथ हमारे सभी मंत्रीवर भी ध्यान करना सीख पाएँगे तो सभी को इसका लाभ होगा।'

महाराज को कन्नू का यह अव्यक्तिगत प्रस्ताव इतना पसंद आया कि उन्होंने तुरंत आदेश दिया, 'कल सुबह ठीक छह बजे मंत्रीमंडल के सभी मंत्रियों का इस राज्य के भावी महाराज कन्नू के साथ मिलकर ध्यान प्रशिक्षण आरंभ किया जाएगा। इसकी संपूर्ण तैयारी की जाए।'

कन्नू ने अपने साथ-साथ अपने आस-पास के लोगों के विकास का उपाय भी खोज निकाला था। यह इस बात का प्रमाण था कि उसके मन में अब बरसों से पनप रहा लोगों के प्रति शोर इतना घट चुका था कि वह उनके विकास का भी विचार कर पा रहा था। लेकिन उसके मन का शोर पूरी तरह से तभी समाप्त होगा, जब उसे अंतिम सत्य ज्ञात होगा। इस विचार के साथ प्रसन्न मुद्रा में महाराज अपने कक्ष की ओर चल दिए और कन्नू सेवकों के साथ ग्रंथालय जा पहुँचा। महाराज द्वारा पठन की हुई असंख्य किताबें देखकर कन्नू का मुँह खुला का खुला रह गया। शुरुआती तौर पर उसने भारत की प्राचीन कलाओं पर आधारित किताब पढ़ना पसंद किया।

अध्याय ५

बेवजह खुशी
कन्नू को मिला लक्ष्य

कन्नू के कहने पर महाराज ने अपने मंत्रियों को ध्यान कक्ष में ध्यान करने हेतु बुलाया। महाराज इस प्रस्ताव से अत्यंत खुश थे। कन्नू के बाह्य प्रशिक्षण के साथ-साथ उसका आंतरिक विकास भी हो रहा था और वह दूसरों के लिए भी निमित्त बन रहा था, यह सोचकर महाराज बहुत प्रसन्न थे। सभी मंत्रियों के आने पर महाराज ने अपने मंत्रियों को ध्यान के लाभ के बारे में अवगत करवाया।

'आजकल कई लोग ऐसे हैं, जो एक कार्य में निरंतर अपना ध्यान नहीं लगा पाते। वे जो कार्य कर रहे हैं, उसमें उनका मन नहीं लगता, जिस कारण वे थोड़ी ही देर में काम से ऊब जाते हैं यानी बोर होने लगते हैं। ऐसी अवस्था में एकाग्रता बढ़ाना महत्वपूर्ण होता है। जिसके लिए यहाँ पर ध्यान विधियाँ दी जा रही हैं, जिनके जरिए आप ध्यान का प्रशिक्षण प्राप्त कर सकते हैं। एक सरल ध्यान से शुरुआत करेंगे। इसमें निपुण होने पर लंबे समय तक और गहराई से ध्यान करना आसान होगा।

आज की पहली ध्यान विधि है- **एकाग्रता ध्यान (कॉन्सन्ट्रेशन मेडिटेशन)**
एकाग्रता का अर्थ है किसी चीज पर ध्यान लगाना। जैसे –

१. सबसे पहले नामों को उलटा बोलने की कोशिश करें। उदाः आँखें बंद करके महेश को शहेम करके देखें। इसे अंग्रेजी में भी उलटा करके देखें। जैसे Mahesh का स्पेलिंग उल्टा कहें– Hseham। यह करते हुए मन को पूरी तरह से एकाग्र करना आवश्यक है वरना आपसे गलती हो सकती है। इस ध्यान में पहले कुछ दिन सरल शब्दों के साथ प्रयोग करें, फिर बड़े शब्दों के साथ यही ध्यान विधि अपनाने की कोशिश करें। हर दिन के अभ्यास से आपकी एकाग्रता बढ़ती जाएगी, जो आगे चलकर आपको मनन व ध्यान की गहराई में ले जाएगी।

२. अ) आँखें बंद करके ध्यान के आसन में बैठें और आंतरिक तौर पर कानों से अलग-अलग आवाजों को सुनने की कोशिश करें।

ब) दोनों हाथों का अंगूठा और उँगली ध्यान की मुद्रा में मिला लें।

क) आँखें बंद करके अपने अंदर बाँसुरी की आवाज सुनें। यह बाँसुरी कहीं बाहर नहीं बज रही है। (जैसे आप अपने अंदर फिल्मी गाने सुनते हैं, वैसे ही बाँसुरी सुनें।)

ड) बाँसुरी ही सुनाई देनी चाहिए, बीच में ढोलक बजे तो उस आवाज़ को हटा दें।

इ) अब आँखें खोलें।

यह ध्यान करते हुए कई लोगों को लगता है कि पहले बाँसुरी की आवाज पकड़ में आई, फिर छूट गई, फिर से पकड़ में आई, फिर छूट गई। ऐसा इसलिए होता है क्योंकि बाँसुरी इस वक्त बज नहीं रही है, जिसे सुना जाए। कई लोग बाँसुरी बहुत बार सुनते हैं इसलिए यह उनके लिए बहुत आसान होता है। कुछ लोगों के लिए यह आसान नहीं है क्योंकि उन्होंने बाँसुरी की आवाज कम बार सुनी है।

इस प्रयोग में आप हर बार आवाजें बदलते जाएँ, सिर्फ बाँसुरी ही नहीं, कभी ढोलक की आवाज भी सुनें, कभी शहनाई की आवाज सुनें, इस तरह हर बार वाद्य बदलते रहें। इससे एकाग्रता बढ़ती जाएगी।

३. मन में गणित करें। पहले छोटे गणित करें जैसे 25x5, 11x13, फिर धीरे-धीरे बड़े अंकों को लेकर गणित करने का प्रयास करें। उदा. 255x280 इत्यादि।

४. कल या परसों के दिन आपने क्या खाना खाया, यह याद करने की कोशिश करें अथवा कोई छोटी घटना भी आप याद करके देख सकते हैं।

जितने विस्तार से आप ऐसा करेंगे, उतना आपको फायदा होगा। आपका एक दिन भी ऐसा न जाए, जिस दिन आपने किसी विषय पर ध्यान न किया हो। आपको इतने तरीके इसलिए बताए गए ताकि रोज रात सोते वक्त आप नए-नए तरीकों का प्रयोग कर सकें। इस तरह आप बोरियत भरे विचारों के शोर से छुटकारा पा सकेंगे।'

इतना कहकर महाराज ने अपनी आँखें बंद कर लीं और ध्यान करने लगे। यह देखकर सभी मंत्रीगण समझ गए कि उन्हें भी ध्यान करना है और सभी ने अपनी आँखें बंद करके ध्यान करना आरंभ कर दिया। कन्नू के लिए यह आश्चर्यजनक घटना थी। महाराज की आज्ञा का पालन सभी बिना बताए कर रहे थे।

इसी आश्चर्य के साथ उसने भी अपनी आँखें बंद कर लीं और बाँसुरी की आवाज सुनकर ध्यान करना आरंभ किया। पहले दिन की तरह ही आँखें बंद करते ही कन्नू के मन में विचारों का शोर मचने लगा। कुछ क्षण वह आवाज सुन पाता लेकिन अचानक विचारों की श्रृंखला आरंभ हो जाती। यह गलती पकड़ में आते ही कन्नू फिर से बाँसुरी की आवाज याद करने लगता। अंततः एक क्षण ऐसा आया कि कन्नू को पता ही नहीं चला उसका ध्यान विचारों के शोर से हटकर बाँसुरी की आवाज पर लग गया। वह शांति का अनन्य साधारण एहसास कर रहा था। कुछ क्षण इसी अवस्था में रहने के पश्चात कन्नू की आँखें स्वतः ही खुल गईं। आँखें खुलते ही उसे एहसास हुआ कि वह मुस्कुरा रहा है। कन्नू पहले यूँ बिना वजह कभी मुस्कुरा नहीं पाया था। यह भी उसके लिए एक आश्चर्य था- वह बिना वजह खुश था... ज़िंदगी के शोर से कोसों दूर।

तभी उसे मालूम पड़ा कि वह अकेला ही ध्यान कक्ष में बैठा था और उसके अलावा सिर्फ महाराज इस कक्ष में थे, जो उसे दूर खड़े देख रहे थे। महाराज को देखकर कन्नू की मुस्कुराहट में चार-चाँद लग गए। उसकी मुस्कुराहट हँसी में बदल

गई और वह महाराज को धन्यवाद देने उनके पास पहुँचा। वह महाराज के गले मिला। इस आलिंगन के बाद उसे कुछ बोलने की ज़रूरत ही महसूस नहीं हुई। दिन की शुरुआत इतनी सुंदर तरीके से हुई थी कि कन्नू का पूरा दिन खुशी में ही गुजरा। कुछ क्षण ऐसे आए जहाँ उसके मन ने नकारात्मक या गलत विचारों को बढ़ावा देकर शोर मचाना चाहा मगर कन्नू सजग था इसलिए मन के झाँसे में ज़्यादा देर तक फँस नहीं पाया। ध्यान सीखने से पहले कन्नू का पूरा दिन मन की बड़बड़ की वजह से बरबाद होता था मगर अब वह सजग रहने लगा।

रोज़ सुबह उठकर वह महाराज के साथ ध्यान करने लगा। महाराज ने उसे ध्यान की नई और गहरी विधियाँ भी सिखाईं। जैसे केवल अपनी साँस पर ध्यान देना, अपने विचारों को बिना किसी चिपकाव से देखना और हर विचार को 'नेक्स्ट' कहना... अपने आपको विचारों से अलग महसूस कर पाना। किसी ध्यान में महाराज ने कन्नू से केवल जप या कहें तो नाम-सिमरन करवाया। कन्नू ध्यान को दिनचर्या का एक भाग नहीं बल्कि एक साधना के रूप में देखता था और एक सच्चा साधक बनकर ध्यान साधना कर रहा था।

महाराज ने उसे एक लक्ष्य दिया था, जिसे पाने का जुनून कन्नू से हररोज़ ध्यान करवा रहा था- आँख खोलकर, रोजमर्रा के काम करते हुए भी ध्यान कर पाने का लक्ष्य! कन्नू को आश्चर्य हो रहा था कि ऐसा करना भी संभव था। उसके मन में विचार उठा कि आँख खुली रहते हुए भी ध्यान में रह पाना कोई आसान कार्य तो होगा नहीं मगर अगर ऐसा कर पाना संभव हुआ तो मन में शोर मचना हमेशा-हमेशा के लिए बंद हो जाएगा। महाराज ने यह लक्ष्य देकर ध्यान की परिभाषा ही बदल दी थी। अब भी कन्नू महाराज की तरह एक लंबे समय के लिए ध्यान नहीं कर पाता था मगर अब उसे ध्यान करना बोरिंग नहीं लगता था।

महाराज की सहायता से कन्नू का हर दिन ध्यान होता था मगर जब महाराज उसके साथ नहीं होते थे तब उसके मन में फिर शोर मचने लगता, वह चिड़चिड़ा हो जाता या ध्यान में बैठ पाना उसके लिए कठिन प्रतीत होता था। इस वजह से उसके अंदर शोर अधिक बढ़ने लगता... ऐसे में वह ध्यान करने की जितनी कोशिश करता, ध्यान करना उसके लिए उतना ही मुश्किल होने लगता।

कन्नू में एक गुण था जो उसे हर गुजरते दिन के साथ बेहतर बना रहा था- सही

दिशा में मनन कर पाने का गुण। सुबह ध्यान करने के बाद कन्नू दिनभर सजग रहकर इस बात पर मनन करता था कि उसके मन में कब-कब शोर बढ़ता था, कौन सी घटनाओं की वजह से शोर बढ़ता था या ऐसा क्या होता था कि शोर कम होने लगता था।

इस मनन के साथ उसकी सजगता भी बढ़ रही थी और उसके मन में कई सवाल भी उठ रहे थे। उसने महाराज के समक्ष अपने प्रश्न प्रस्तुत करने का तय कर लिया। इन प्रश्नों का जवाब पाना महाराज ने दिया हुआ लक्ष्य पाने के लिए अत्यंत आवश्यक था।

अध्याय ६

शंकाओं का समाधान

परम शांति का ज़रिया

कल संध्या समय महाराज के साथ टहलते हुए कन्नू ने राज्य-व्यवस्था और न्याय-स्थापना के बारे में कई महत्वपूर्ण बातें जानी और महाराज की अनुमति लेने से पहले अपनी एक इच्छा भी व्यक्त की- मनन-प्रश्न पूछने की इच्छा। महाराज ने दूसरे दिन सुबह ध्यान के पश्चात कन्नू की शंकाओं का समाधान किया।

'इंसान राहत पाना चाहता है इसलिए वह शोर को बंद करना चाहता है। मगर वह दो कानों के बीच स्थित मस्तिष्क को भूल जाता है, जो उसकी परेशानी का असली कारण है। अर्थात इंसान अपने अंदर चल रहे शोर को भूल जाता है। उससे वह कभी भी मुक्त नहीं हो पाता, न ही उसमें इस शोर से निजात पाने की इच्छा जगती है। हकीकत में उसे इस बात का पता भी नहीं है कि आंतरिक शोर से मुक्त हुआ जा सकता है। अपने अंदर चल रहे शोर को पहचानना और उससे मुक्ति चाहना, ये किसी वरदान से कम नहीं है कन्नू... तुम्हारे सभी सवालों के जवाब तुम्हें अवश्य मिलेंगे!'

कन्नू ने अगले दिन सुबह 'तेजम्' शब्द का जाप करते हुए ध्यान किया और महाराज से इसका अर्थ भी पूछा। जिसका समर्थन महाराज ने इस प्रकार किया-

'तेजम् का अर्थ है- 'तेज मैं' यानी मेरा अपना वह स्वरूप जो आदर्श है, ईश्वरीय है, सर्वश्रेष्ठ है। तेजम् का जाप करते हुए इंसान अपने इस दिव्य स्वरूप का स्मरण करता है और उस स्वरूप से सहायता माँगता है। संकट समय तेजम् का सिमरन ध्यान करने से इंसान के मन को यह दिलासा मिलता है कि वह सुरक्षित है और उसके साथ कुछ भी गलत नहीं हो सकता।'

आज तेजम् ध्यान करना कन्नू ने सही समझा क्योंकि आज उसे अपने अन्य सवालों के जवाब मिलनेवाले थे। ये सवाल उसके लिए बहुत मायने रखते थे और उन सवालों के जवाब में कहा गया एक-एक शब्द कन्नू ग्रहण करना चाहता था। अतः जब ध्यान कक्ष में ध्यान के पश्चात सिर्फ ज़मीन पर अपने आसन पर बैठा कन्नू और उसके सामने एक छोटी मेज पर ध्यान मुद्रा में बैठे महाराज ही बचे थे तब कन्नू ने अपनी भावनाएँ व्यक्त कीं।

'महाराज... जब से ध्यान साधना शुरू की है तब से मैं दिनभर काफी शांत और खुश रह पाता हूँ। मुझे याद है कि जब मैंने पहली बार इस राज्य में प्रवेश किया था तब मैं छोटी-छोटी बातों पर परेशान हो जाता था, निराश होने के लिए मुझे किसी कारण की आवश्यकता ही नहीं थी और गुस्सा तो जैसे मेरे सिर पर सवार था। लेकिन इस राज्य में प्रवेश करते ही मैंने समझा कि ईश्वर की आवाज़ भले ही अतार्किक लगे, उसका पालन करने से इंसान का निश्चित रूप से विकास ही होता है। आपके और इस राज्य के हरेक व्यक्ति के प्रेम और स्नेह की वजह से मैंने जाना कि 'सारे लोग बुरे नहीं होते हैं।' आपने मुझे बोरियत से बचने के उपाय बताए। तब से मैं अपनी मौलिकता की खोज में लगा हुआ हूँ। मैंने ध्यान साधना सीखी और मुझे अपना लक्ष्य मिल गया। अब इस लक्ष्य को पाने की राह में कुछ ऐसी बाधाएँ आ रही हैं, जिन्हें केवल आप ही दूर कर सकते हैं महाराज! कृपया मेरी सहायता करें।'

'बताओ कन्नू... कौन सी मुश्किलों का सामना कर रहे हो?' महाराज ने शांत स्वर में पूछा।

'महाराज... आपने कहा था कि इंसान को आँख खोलकर भी ध्यान में रहना

आना चाहिए। मैंने काफी कोशिशें की मगर ध्यान से उठने के बाद कुछ ही समय में मन में शोर मचना शुरू हो जाता है... ऐसे अनेक विचार उत्पन्न होते हैं, जो मेरी शांति मुझसे छीन लेते हैं। मेरी इच्छा होने के बावजूद भी मैं खुश नहीं रह पाता हूँ। मुझे बहुत बुरा लगता है कि मैं आपके बताए मार्ग पर नहीं चल पाता। ऐसा क्यों होता है महाराज? मुझे इससे बाहर आने का रास्ता दिखाइए...!'

'कन्नू... पहले इस बात को समझ लो कि शुरुआत में हर साधक के साथ ऐसा होता ही है... उसे अपना मन परेशान करता है, अपने गुरु की बातें जानते हुए भी उन पर आसानी से अमल न कर पाने की वजह से अपराधबोध मन पर हावी होने लगता है। हर साधक को पहले अपनी इस परिस्थिति को स्वीकार करना होगा।

साधना की राह में बाधाएँ आएँगी, यह भी स्वीकार करना होगा। ऐसा होना साधारण सी बात है... इस अवस्था से घबराने या तनाव लेने की कोई आवश्यकता नहीं है। वरना जो साधक इस अवस्था को स्वीकार नहीं कर पाता, उसे अपराधबोध के विचारों का शोर सताने लगता है। यानी जिस शोर से मुक्ति के लिए साधक साधना कर रहा था, वही साधना उसके मन में शोर बढ़ाने लगती है। इसलिए सबसे पहले इन बाधाओं का आना स्वीकार करो।'

कन्नू ने इस पर एक और सवाल पूछा, 'लेकिन महाराज, मन तो ध्यान अवस्था में रहने का महत्त्व जानता है... ध्यान अवस्था के परम आनंद की अनुभूति भी उसने ली है... ध्यान में रहकर उसे खुशी भी मिली है... फिर भी मन ध्यान अवस्था में रहने से क्यों कतराता है?'

'क्योंकि ध्यान अवस्था में रहने से उसकी मौत होती है।' महाराज ने जवाब दिया। यह जवाब कन्नू की समझ में नहीं आया और उसके चेहरे पर प्रश्नचिन्ह साफ-साफ दिखाई देने लगा। यह देखकर महाराज ने आगे बताया,

'इसे एक उदाहरण के आधार पर समझते हैं- मान लो, तुम्हारे दो मित्र हैं। एक मित्र प्रेम, आनंद और शांति को प्राथमिकता देता है, ध्यान अवस्था में रहना पसंद करता है और दूसरा मित्र बस बड़बड़ करना चाहता है, शोर मचाना चाहता है। ये दोनों मित्र सदैव तुम्हारे साथ ही रहते हैं। समय के साथ तुम्हें यह एहसास होने लगता है कि दूसरे मित्र की बड़बड़ और शोर से तुम्हें केवल तकलीफ ही होती

है और इस मित्र से छुटकारा पाना ही बेहतर होगा। अब सोचो कि दूसरे मित्र की हालत कैसी होगी? तुम्हारी दोस्ती बचाने के लिए वह कोशिशें करना शुरू कर देगा, तुम्हें पहले मित्र से दूर रखने की साजिश करने लगेगा। कुछ भी करके वह अपने आपको बचाने की कोशिश करेगा क्योंकि तुम्हारे बिना उसका कोई अस्तित्व ही नहीं है... अब तुम बताओ कि इस कहानी में दोनों मित्र किस बात के प्रतीक हैं?'

'महाराज... यह कहानी सुनकर ऐसा लगा जैसे आप मेरी ही कहानी सुना रहे हों। ये दोनों मित्र मेरे मन के प्रतीक हैं। पहला मित्र यानी मेरे मन का वह हिस्सा जो ध्यान करना पसंद करता है और दूसरा मित्र यानी मेरे मन का वह हिस्सा जो शोर करना पसंद करता है। अब मैं समझा कि अपना अस्तित्व बचाए रखने के लिए मन ध्यान के बाद भी शोर मचाता रहता है। लेकिन महाराज... मैं नहीं चाहता कि मेरा दूसरा मित्र अपने इरादे में कामयाब हो जाए!'

'तो अपने मित्र से झगड़ना बंद कर दो!'

'मतलब?'

'मतलब यह कि जब तुम्हारा दूसरा मित्र बड़बड़ करना शुरू करे तो उसे यह मत कहना कि 'चुप रहो, अपनी बड़बड़ बंद करो! मैं तुम्हारी बातें नहीं सुनना चाहता!' ऐसा कहोगे तो यह मित्र चुप होने के बजाय अधिक शोर मचाएगा। इसलिए जब मन में शोर के विचार उठे तो अपने मन से कहो, 'कृपया कुछ देर बाद आना... मैं इस समय व्यस्त हूँ... तुम्हारी बातें भी सुनूँगा लेकिन बाद में... अभी नहीं!'

यह सुनकर कन्नू खिलखिलाकर हँस पड़ा, 'अरे वाह! ये तो बड़ी कमाल की तरकीब है! मेरे बड़े काम आएगी। धन्यवाद महाराज!'

'कन्नू... अपने मन-रूपी मित्र से बात कर पाना एक कला है। वरना लोग आंतरिक शोर से इतने परेशान हो जाते हैं कि वे अपने भेजे में गोली तक मारना चाहते हैं। आज खुदकुशी (शरीरहत्या) के मामले इसलिए ज़्यादा देखने-सुनने को मिलते हैं क्योंकि इंसान अपने अंदर के शोर से तंग आ चुका है। उसे शांत करने के लिए वह किसी भी हद तक जा सकता है। हैरान-परेशान करनेवाले विचारों से छुटकारा पाने के लिए वह अपना मन दूसरी बातों में लगाना चाहता है। खुद को

बाहरी शोर में खो देने के लिए वह टी.वी., इंटरनेट, विडियो, फिल्में, मैगज़ीन इत्यादि जैसे मनोरंजन के साधनों से अपना मन बहलाने की कोशिश करता है। बहुत बार अपने विचारों के शोर-शराबे से मुक्त होने के लिए इंसान व्यसनों तक का सहारा लेता है। परंतु ये सब राहत के उपाय हैं, जो अस्थायी रूप से हर जगह आसानी से उपलब्ध होते हैं। इंसान को चाहिए कि वह स्थायी तौर से आंतरिक शोर से छुटकारा पाए।

इसके लिए ध्यान करना, अपनी मौलिकता पर काम करना, अपने मन से बातचीत करने की कला सीखना स्थायी उपाय है। इस दौरान तुम्हें कई विचार सताएँगे... ऐसा लगेगा कि छोड़ दें साधना, इससे कुछ होनेवाला नहीं है... मगर याद रखना यह तुम्हारे दूसरे मित्र (तोलू मन) द्वारा फेंका गया ट्रमकार्ड है। तुम्हें सही मार्ग से भटकाने के लिए ऐसा कहा जा रहा है। लेकिन तुम्हें सजग रहना है और ट्रमकार्ड का जवाब अधिक गहरा ध्यान करके देना है।'

महाराज ने आगे बताया, 'इंसान के मन-मस्तिष्क में जब तक विचारों का शोर चलता रहेगा तब तक वह खुद को मुक्त महसूस नहीं कर पाएगा। असली मुक्ति नकारात्मक विचारों से मुक्ति है। बाहरी शोर तो इंसान की आंतरिक अवस्था का प्रतिबिंब है। दरअसल बाहरी शोर सुनकर अगर वह अपने अंदर चल रहे विचारों का शोर सुन पाए तो उन विचारों से मुक्त होने के रास्ते खोल पाएगा।

इंसान यदि अपनी अंतर्ध्वनि को सुनने लग जाए तो उसे पता चलेगा कि जिस शोर से वह परेशान है, असल में वह उसके लिए निमित्त का कार्य कर रहा है। हकीकत में शोर के विचार परम मौन की तरफ इशारा कर रहे हैं। हमें यह बात पता नहीं होती इसलिए हम उन विचारों से परेशान होते रहते हैं कि ये विचार चले क्यों नहीं जाते। इंसान अपने शोर भरे विचारों के ज़रिए परम शांति पा सकता है। और उसी के मार्ग तुम्हें आज बताए गए- अपनी अवस्था को स्वीकार कर, अपराधबोध में न अटकना। तुम्हारी साधना जैसे-जैसे आगे बढ़ती जाएगी, तुम मन से बातचीत करने के कई नए तरीके जानने लगोगे।'

'महाराज... आपके मुख से ये जवाब सुनकर ही ऐसा लगता है, जैसे मैं शोर से मुक्त हो चुका हूँ!'

महाराज ने मुस्कुराकर कहा, 'ऐसा महसूस होना यानी तुम्हारी आधी समस्या

मिट चुकी है और बची आधी साधना से मिटा देना! एक और बात का विशेष ध्यान रहे- साधना के दौरान अगर मन में प्रश्न उठते हैं तो परेशान मत होना... यह अच्छा संकेत है। इन प्रश्नों को लिखकर रखना।'

'जी महाराज... क्या मैं एक आखिरी सवाल पूछ सकता हूँ? आपने ये सब कहाँ से सीखा? क्या आपके भी कोई गुरु थे?'

महाराज को मानो यह प्रश्न अपेक्षित था और वे इसी प्रश्न की राह देख रहे थे। उन्होंने मुस्कुराकर कहा, 'अंतर्ध्वनि।' इतना कहकर महाराज ने अपनी आँखें बंद कर लीं और ध्यान अवस्था में चले गए।

अध्याय ७

मन-मित्र से बातचीत

तटस्थ रहने का चमत्कार

'**म**न-रूपी मित्र से बातचीत करनी है...' महाराज कर्ण का मार्गदर्शन कन्नू के कानों में गूँज रहा था। उसे महाराज की बताई हुई बातें इतनी अच्छी लगी थीं कि उन पर अमल करने की उसकी उत्सुकता प्रतिपल बढ़ रही थी। वह महाराज की बातों पर अमल करने का मौका ढूँढ़ रहा था।

दूसरे दिन राजपाठ के कामों के दौरान उसे वह मौका मिला। उसे याद आया कि कुछ दिन पहले उसे महाराज ने एक सेवक के साथ मिलकर कार्य करने के लिए कहा था। मगर कन्नू ने अब तक उस सेवक को कार्य सौंपा नहीं था। आज जब वह सेवक उसके सामने आया तब उसे कार्य की याद आई और उसके विचारों का शोर फिर से शुरू हुआ... 'कितने दिन हुए, यह कार्य पूरा नहीं हुआ... अब महाराज क्या कहेंगे... उस काम में ज़्यादा देर हो गई... मुझे ऐसा नहीं करना चाहिए था...।' एक के बाद एक विचारों ने कन्नू के अंदर का शोर बढ़ा दिया।

कुछ समय उलझन में बिताने के बाद उसे याद आया कि महाराज ने उसे मित्र के साथ बातचीत करने के लिए कहा था। उसने तय किया कि वह अपने मित्र अर्थात मन के साथ बातचीत करेगा।

उसने मन से पूछा, 'तुम क्यों परेशान हो?'

जवाब आया, 'मैं अपराधी महसूस कर रहा हूँ कि महाराज द्वारा सौंपा हुआ कार्य समय पर पूरा नहीं कर पाया। साथ ही इस बात से भी दुःखी हूँ कि मैं भुलक्कड बन गया हूँ... महाराज का सौंपा हुआ कार्य मैं याद नहीं रख पाया।'

'फिर इस समस्या का क्या समाधान हो सकता है?'

'एक बात तो तुरंत हो सकती है कि मैं सेवक के साथ वह कार्य पूरा कर दूँ।'

इस विचार के साथ कन्नू अपनी जगह से उठ गया और तुरंत उस सेवक के पास गया। थोड़ी ही देर में दोनों ने मिलकर महाराज का बताया हुआ कार्य पूरा कर दिया। जिसके बाद कन्नू के विचारों का शोर कुछ हद तक कम हुआ मगर पूरी तरह से बंद नहीं हुआ।

फिर एक बार कन्नू ने मन-मित्र से बात की- 'अब तुम क्यों दुःखी हो?'

जवाब मिला, 'कार्य तो पूरा हुआ मगर उसमें ज़्यादा समय लग गया। महाराज को भी अब तक इसके बारे में नहीं बताया। इस देरी के बारे में जब महाराज को पता चलेगा तब वे क्या कहेंगे?'

कन्नू ने मित्र से सवाल पूछा, 'जो समय बीत गया, क्या उसे वापस लाया जा सकता है?'

जवाब आया, 'नहीं।'

कन्नू सोचने लगा, 'फिर क्या हो सकता है?' सोचते-सोचते अचानक उसे विचार आया, 'अरे! इस कार्य के बारे में महाराज को बताना चाहिए। और जो गलती हुई है, उसके बारे में उनसे माफी माँगनी चाहिए।' इस विचार के बाद उसे राहत महसूस हुई तथा विचारों का शोर कम हो गया।

दिन के अंत में कन्नू महाराज से मिलने गया। उसे अंदर से डर लग रहा था कि काम में हुई देरी की वजह से महाराज शायद उससे नाराज़ हो जाएँ। फिर भी उसने

साहस जुटाया और तय किया कि वह महाराज से सुबह की घटना के बारे में बातचीत करेगा।

रोज़ के कार्यों की बातचीत के बाद उसने महाराज से अपनी बात कहने की इजाज़त माँगी। महाराज की हामी के बाद कन्नू ने कहा, 'आज मैं आपसे एक बात के लिए माफी माँगना चाहता हूँ। कुछ दिन पहले आपने मुझे एक सेवक के साथ महल का कुछ कार्य सौंपा था। मगर उस दिन वह कार्य करना, मैं भूल गया। आज जब वह सेवक मेरे सामने आया तो मुझे उस कार्य की याद आई। आज मैंने वह कार्य पूरा किया मगर मैं अपराधी महसूस कर रहा हूँ कि वह कार्य समय पर पूरा नहीं कर पाया।'

महाराज को अच्छा लगा कि देर होने के बावजूद याद रखकर कन्नू ने वह कार्य पूरा किया। शांत और आनंदित प्रतिसाद देते हुए महाराज ने कहा, 'कोई बात नहीं कन्नू। अगली बार से ध्यान रहे कि समय पर कार्य पूरा हो जाए।'

महाराज की बात समाप्त होने के बावजूद कन्नू के चेहरे पर समाधान नहीं था। उन्हें लगा कि कन्नू उनसे और कुछ कहना चाहता है। उन्होंने प्रेम से कहा, 'कहो, कन्नू। मैं समझ रहा हूँ कि तुम मुझे कुछ और भी बताना चाहते हो। क्या बात है?'

'महाराज, इस घटना की वजह से मेरे मन में लंबे समय तक विचारों का शोर चलता रहा। मगर इस शोर की वजह से आज मुझे आंतरिक शोर के बारे में कुछ सीख मिली।

जैसे, रोज़ मैं जब ध्यान करता हूँ तब आंतरिक शोर कम हो जाता है। मगर जब मैं राजपाठ के कामों में व्यस्त होता हूँ तब कई बार लंबे समय तक विचारों का शोर जारी रहता है। इस शोर के बीच आज पहली बार मैंने अपने मन-रूपी मित्र से बातचीत की। उस बातचीत की वजह से मुझे कुछ देर तक शांति महसूस हुई मगर कुछ देर बाद फिर से शोर शुरू हुआ। मैं समझ नहीं पा रहा हूँ कि ऐसा क्यों होता है?'

'सबसे पहले तुम्हें बधाई हो कन्नू कि आज तुम अपने मन से बातचीत कर पाए। मैं जानता हूँ कि इस मित्र से बातचीत करके तुम्हें कितना अच्छा लगा होगा! अब तुम्हारे अंदर प्यास जगी है कि तुम अपने आंतरिक शोर से पूर्ण रूप से मुक्त हो जाओ। किंतु आंतरिक शोर से मुक्ति की इस राह पर तुम्हें स्वयं चलना होगा। मैं तुम्हारी मदद करूँगा मगर तुम्हें स्वयं उस मार्गदर्शन पर अमल करना होगा। क्या तुम तैयार हो?'

'जी हाँ, महाराज! मैं कई बार अपने विचारों के शोर से इस कदर परेशान हो जाता हूँ कि लगता है कब उनसे छुटकारा मिले। इसलिए आप जो भी मार्गदर्शन देंगे, उसके अनुसार अमल करने के लिए मैं तैयार हूँ।'

'बढ़िया। कन्नू, ध्यान के समय पर सीखी हुई अलग-अलग ध्यान विधियाँ तुम्हें याद होंगी। इसके बाद कुछ दिनों तक, उन ध्यान विधियों में से तुम्हें तटस्थ ध्यान का अभ्यास करना होगा।

तटस्थ ध्यान में तुम्हें अपने विचारों को अलग होकर देखना है। महल की खिड़की से जिस तरह तुम रास्ते पर जाते हुए वाहन देखते हो, उसी तरह तुम्हें अपने विचारों को देखना है। इस ध्यान में तुम्हें खयाल रखना है कि तटस्थ होकर विचारों को केवल देखना है, उनके पीछे नहीं जाना है।

इस ध्यान का अभ्यास करते वक्त शुरुआत में संभावना है कि तुम किसी एक विचार के पीछे भागोगे। उस विचार से संबंधित इतने विचार तुम्हें आएँगे कि पहला विचार कौन सा था, यह तुम्हें याद भी नहीं आएगा। इस तरह विचारों में खो जाने पर तुम्हें तुरंत स्वयं को याद दिलाना है कि केवल विचारों को देखना है, उनके पीछे नहीं जाना है। कई बार ऐसा हो तो भी निराश मत होना... हर बार प्रेम से स्वयं को याद दिलाना कि विचारों के पीछे नहीं जाना है।

इस ध्यान के निरंतर अभ्यास से तुम्हारा आंतरिक शोर कम होने में काफी मदद मिलेगी। इसके अलावा अपने मन के बारे में तुम कुछ बातें और गहराई से जान पाओगे।'

'धन्यवाद महाराज! मैं अभी से इसकी शुरुआत करता हूँ।'

'और एक बात कन्नू। यह ध्यान केवल आँखें बंद करके ही नहीं बल्कि खुली आँखों से करने का भी अभ्यास शुरू करो। कामकाज के दौरान जब तुम विचारों के शोर से परेशान हो जाओगे तब तटस्थ होकर उन्हें देखना शुरू करो। इससे तुम्हें केवल राहत ही नहीं बल्कि अपने मुक्ति की राह भी मिलेगी।'

'यह बहुत अच्छा मार्गदर्शन है महाराज। मैं कल से ही इस पर अमल करना शुरू करता हूँ। आपसे बातचीत करके बहुत अच्छा लगा। इस मार्गदर्शन के लिए धन्यवाद।'

इतना कहकर कन्नू वहाँ से चला गया। महाराज देख रहे थे कि पहले दिन महल में आया हुआ कन्नू और आज के कन्नू में कितना फर्क था। जिस तरह उसने महाराज को धन्यवाद दिए थे, उससे साफ नज़र आ रहा था कि उसके विचारों का शोर अब कम हो रहा है। कन्नू का यह आंतरिक परिवर्तन राज्य के लिए हितकारी तो था ही, साथ ही उसके विकास के लिए भी अत्यंत उपयोगी था। इस विचार के साथ महाराज मुस्कुराए कि अब उन्हें कन्नू के लिए इंतज़ार था केवल उस 'अंतर्ध्वनि' का!

अध्याय ८

शोर से मुक्ति के लिए
विचारों से हो अलगाव

उस दिन जब कन्नू ध्यान करने के लिए पहुँचा तब उसने देखा कि वहाँ का वातावरण किसी त्योहार की तरह उत्साही और आनंदी था। ध्यान के उस पूरे परिसर को फूलों की मालाओं से सजाया गया था। महाराज कर्ण के साथ ध्यान की शुरुआत से पहले सभी को 'ध्यान साधना' इस विषय पर पुस्तक पढ़ने के लिए दिया गया था।

इसी पवित्र वातावरण में महाराज कर्ण का आगमन हुआ। वे सभी के साथ ध्यान में बैठे। ध्यान की समाप्ति के बाद उन्होंने सभी से बातचीत करना शुरू किया।

'आप सभी का आज की सभा में स्वागत है। आज के वातावरण से सभी को महसूस हो रहा होगा कि आज यहाँ पर कुछ खास बात होनेवाली है। जी, हाँ। आज इस वातावरण का निर्माण किसी खास उद्देश्य से ही किया गया है। वह कारण समझने से पहले आज मैं आप सभी को एक कहानी सुनाता हूँ।'

'यह कहानी है चिकारपुर नाम के एक गाँव की।

बाकी गाँवों की तरह उस गाँव में भी सभी तरह का कामकाज चलता था। वहाँ के लोग समृद्धि और खुशहाली पाना चाहते थे। मगर गरीबी की वजह से हकीकत में उन्हें रोजमर्रा के जीने योग्य भी चीजें हासिल नहीं हो पाती थीं। इतनी गरीबी के साथ लोगों का विकास नहीं हो पा रहा था। इसके दो मुख्य कारण थे।

गाँव की गरीबी का पहला कारण था लोगों की एक हाथ चिपकने की समस्या। चिकारपुर गाँव की यह समस्या अजीबोगरीब थी। वहाँ के लोगों का एक हाथ नज़दीक की किसी फिक्स वस्तु से चिपकने के बाद ही वे कार्य कर पाते थे। अगर हाथ को चिपकाने के लिए उनके पास कुछ फिक्स सामान नहीं होता था तो उन्हें बहुत अटपटा, बेचैन, व्याकुल और अशांत लगता था।

जैसे कोई इंसान जब घर में कार्य करता था तब वह एक हाथ दीवार पर रखता था और दूसरे हाथ से कार्य करता था। घर के बीचवाले हिस्से में अगर झाडू लगाने का कार्य करना हो तो उसके लिए घर में अलग-अलग खंभे थे, जिन्हें पकड़कर लोग कार्य करते थे। रसोईघर में खाना बनाते वक्त, दुकान में सामान बेचने वक्त, कहीं पर आते-जाते हुए और हर कार्य करते हुए लोग अपना एक हाथ चिपकाकर दूसरे हाथ से कार्य करते थे। इसके लिए पूरे गाँव में हर जगह पर फिक्स वस्तुओं की व्यवस्था की गई थी ताकि लोग अपने-अपने कार्य कर पाएँ।'

'फिर तो गाँव का कामकाज़ बहुत मुश्किल से होता होगा।' कहानी के बहाव में कन्नू इस कदर बह गया था कि अपनी प्रतिक्रिया रोक नहीं पाया।

'सही कहा कन्नू। हम इस बात की कल्पना कर सकते हैं कि वहाँ का कामकाज कितनी मुश्किलों में चलता होगा। लोगों को अलग-अलग जगहों पर जाने में और कामकाज करने में बहुत ज्यादा समय लगता था, जिसका कार्यों की गुणवत्ता पर भी असर होता था।'

चिकारपुर गाँव की कहानी में सभी खो गए थे। ध्यान से कहानी सुनते हुए उत्सुकतावश एक मंत्री ने बीच में पूछा, 'फिर गाँववालों की दूसरी समस्या क्या थी?'

महाराज कर्ण देख रहे थे धीरे-धीरे सभी का कहानी में रस बढ़ रहा है। मंत्री के सवाल के जवाब में उन्होंने कहानी को आगे ज़ारी रखते हुए कहा,

'चिकारपूर की दूसरी समस्या थी बंदरों से परेशानी। पूरे गाँव में सभी जगहों पर

बंदर खुले आम घूमते थे और मनमानी करते थे। एक हाथ चिपका हुआ होने के कारण गाँव का कोई भी इंसान बंदरों को भगा नहीं पाता था। जैसे गाँव में अगर कोई सब्जियाँ लेकर कहीं जाता तो बंदर बीच में ही उसके थैले से कोई सब्जी उठाकर भागते थे। अगर बंदरों को भगाने के लिए किसी ने पकड़ा हुआ हाथ छोड़ा तो उसे फिर से बेचैन लगने लगता और उतने समय में बंदर भाग जाते थे। बंदर तो केवल गाँववालों को परेशान करने का मौका ढूँढ़ते रहते थे।'

'समस्या तो समझ में आई मगर क्या इसका कोई उपाय भी था?' कहानी में आगे क्या होगा, इसकी उत्सुकता से कन्नू ने पूछा।

'हाँ, हाँ। इसका उपाय भी था। चिकारपुर गाँव के पीछे एक बहुत बड़ा मैदान था। उस मैदान के मध्य में हीरे की बड़ी खदान थी। वहाँ पर इतने हीरे थे कि पूरे गाँव की गरीबी दूर हो सकती थी। केवल हाथ चिपकने और बंदरों की परेशानी की वजह से गाँववाले मैदान के बीच तक जा नहीं पा रहे थे। गाँव की गरीबी का इलाज केवल गाँववालों की हालत की वजह से इतने नज़दीक होने के बावजूद बहुत दूर था।

वृत्तियों में फँसे चिकारपुर गाँव के लोग चाहकर भी अपनी गरीबी मिटा नहीं पा रहे थे। अपने बच्चों को भी वे हाथों को चिपकाए रखने का प्रशिक्षण देते थे। बीमारी का डर देकर गाँव के बड़े-बुजुर्ग बच्चों को एक हाथ को फिक्स जगह से चिपकाने की सलाह देते थे। बचपन से बड़ों की आदतें देखकर बच्चे भी वही सीखते थे।' यहाँ तक कहानी बताने के बाद महाराज कर्ण कुछ समय के लिए शांत बैठ गए।

महाराज की शांति की वजह से कन्नू उतावला हो गया। उसे समझ में नहीं आ रहा था कि आखिर गाँववालों की गरीबी मिटी या नहीं मगर इस बार उसने तय किया कि आंतरिक शोर के बावजूद वह शांत रहेगा। उसमें हुआ यह परिवर्तन देखकर महाराज को खुशी हुई। फिर उन्होंने कहानी को आगे बढ़ाया।

'वह दिन चिकारपुर गाँव के इतिहास का अलग दिन था, जिस दिन गाँव में एक मदारी आया। मदारी ने सभी गाँववालों को बंदरों का खेल दिखाया। उस खेल में मदारी के आदेशानुसार बंदरों ने खेल दिखाया। गाँववालों के लिए यह किसी चमत्कार से कम न था! गाँव के सभी लोग मदारी का खेल देखकर चौंक गए। उनमें से कुछ बुजुर्गों ने मदारी से बातचीत की। बातचीत के बाद मदारी सभी गाँववालों को बंदरों पर काबू पाने की कला सिखाने के लिए तैयार हो गया। उसके लिए सभी गाँववालों को

इकट्ठा किया गया।

वहाँ पर मदारी ने सभी को बताया, 'बंदरों को किस तरह काबू में रखा जाए, यह आप सभी ने मेरे खेल में देखा। यदि आपको भी यह कला सीखनी है तो जैसा मैं बताता हूँ, वैसा करें।' बंदरों से छुटकारा पाने के लिए सभी आतुर थे इसलिए उन्होंने हामी भरी कि जैसा मदारी बताएगा, वे वैसा करेंगे।

मदारी ने आगे कहा, 'जब आप हाथ से किसी वस्तु को पकड़ रहे हैं तब आपको केवल एक बात स्वयं से कहनी है, **'मैं यह नहीं हूँ।'** आपका हाथ जब दीवार, खंभा, खिड़की, दरवाजा, कुर्सी, पलंग या किसी भी फिक्स वस्तु से चिपक जाए तो खुद से कहें, 'मैं दीवार नहीं हूँ... मैं खंभा नहीं हूँ... मैं खिड़की नहीं हूँ... या मैं दरवाजा, कुर्सी, पलंग नहीं हूँ।' हाथ से किसी भी वस्तु को पकड़ते वक्त आपको यह याद रखना है। आपको हर रोज हर वस्तु को पकड़ते वक्त यह करना ही है।'

मदारी की सूचना अनुसार गाँववालों ने कहना शुरू किया। हाथ के चिपकने से वस्तुओं के साथ तैयार हुआ बंधन, 'मैं यह वस्तु नहीं हूँ' कहने से टूटने लगा। उन्होंने महसूस किया कि अनजाने में भी जब 'मैं यह नहीं हूँ' कहा जाता है तब आसक्ति, बंधन टूटने लगता है। कुछ समय लगातार यह आदत विकसित करने से धीरे-धीरे गाँव में बंदरों की संख्या कम होने लगी और लोगों को नए अनुभव भी मिलने लगे।'

'अब कहानी कुछ-कुछ समझ में आ रही है... महाराज कहीं आप हमारे अंदर के शोर की तरफ तो इशारा नहीं कर रहे हैं?' कन्नू ने कहानी सुनते हुए किया हुआ मनन महाराज के सामने रखा।

महाराज ने कन्नू को कोई प्रतिक्रिया नहीं दी बल्कि कहानी को आगे बढ़ाया- 'कुछ समय बाद मदारी ने सभी को एक और रहस्य बताया, 'आप सबकी गरीबी के पीछे हाथ चिपकने की आदत और बंदरों की परेशानी ही कारण है। इन आदतों से मुक्ति के बाद आप गाँव के पीछे के मैदान पर जा सकते हैं।'

'कहानी के अंत में निरंतरता से मदारी के बताए हुए तरीके पर कार्य करने के पश्चात चिकारपुर गाँव के लोग उस मैदान में गए। वहाँ उन्हें भरपूर हीरे मिले, जिससे पूरे गाँव में समृद्धि और आनंद छा गया। हाथ चिपकने की आदत छूटने के बाद लोगों को गाँव के बंदरों से भी मुक्ति मिली। पूरे गाँव में खुशहाली के वातावरण में उत्सव मनाया गया।'

कहानी समाप्त होने के बाद कुछ समय तक वातावरण पूरी तरह शांत था।

'मैं बताता हूँ महाराज ने यह कहानी क्यों बताई...' शांति को भंग करते हुए अचानक कन्नू ने बात की।

'हाँ, हाँ। बताओ कन्नू... तुम्हें इस कहानी से क्या समझ में आया?'

'मुझे लगा यह कहानी मेरी कहानी है। जैसे मेरे मन में विचारों का शोर होता है, वैसे ही कहानी में बंदर भाग रहे थे।'

'बिलकुल सही कहा कन्नू। हालाँकि इस कहानी के सभी पात्र और घटनाएँ काल्पनिक हैं मगर वे विचारों का शोर और उनसे मुक्ति पाने की ओर इशारा करते हैं। कहानी में गाँव प्रतीक है संसार का और बंदर इंसान के विचारों का। कहानी में जैसे गाँव के लोग बंदरों से परेशान थे, वैसे ही जीवन में इंसान विचारों से परेशान होता है।

आप सभी को ध्यान के दौरान और कामकाज के समय में भी विचारों का शोर परेशान करता है। उससे मुक्ति कैसे पानी है, यह जानने के लिए आपको यह कहानी बताई गई है। विचारों के शोर से मुक्त होने के लिए कहानी में बताया हुआ उपाय आपको भी अपनाना है मगर समझ के साथ।'

'कौन सी समझ?' महाराज की बातें सुनकर प्रधान मंत्री भी स्वयं को रोक नहीं पाए और उन्होंने अपना सवाल सामने रखा।

महाराज देख रहे थे कि वहाँ पर बैठा हुआ हर इंसान कहानी और उससे मिली हुई समझ पर सोच रहा था। कहानी द्वारा दिए गए इशारे के बारे में सभी को और कुछ बातें बताना महाराज ने सही समझा। इसलिए उन्होंने कहा,

'कहानी पढ़ते वक्त लोगों का एक हाथ चिपकता है, यह बात अचरज में डालती है। किंतु हाथ चिपकना केवल इशारा है विचारों के साथ आसक्ति का। कोई भी कार्य करते वक्त या घटनाओं में इंसान के विचार तुरंत उनसे चिपक जाते हैं, उन्हें अपने विचारों से लगाव होता है।

मगर इसके बाद आपको ध्यान के दौरान और उसके बाद कभी भी विचारों का शोर महसूस हो तो इस कहानी को याद करके **'मैं यह विचार नहीं हूँ'**, इस समझ के साथ उसे देखना है। आप सभी तटस्थ ध्यान के दौरान भी यह प्रयोग कर सकते हैं। साथ ही कामकाज के दौरान जब आपको विचारों का शोर महसूस हो तब आप इस

मंत्र का उपयोग कर सकते हैं। इससे आपको अपने विचारों के साथ हुआ लगाव टूटने में मदद मिलेगी और अलगाव का आनंद मिलेगा।

आपको मिला हुआ मंत्र इतना महत्वपूर्ण और उपयोगी है कि उसके लगातार प्रयोग से कई चमत्कार आपके सामने आएँगे। यहाँ तक कि बहुत कम समय में आपकी जीवन की परिभाषा ही बदल जाएगी। इस मंत्र के उपयोग से आप इतने खुश हो जाएँगे कि हर दिन को उत्सव की तरह मनाएँगे।'

'आपकी इसी खुशी को ध्यान में रखकर आज यहाँ पर वातावरण बनाया गया था। ताकि आगे भी आप इस वातावरण के साथ मंत्र को याद रखें और **अंतर्ध्वनि** की ओर बढ़ें।'

इतना कहकर महाराज कर्ण ने अपनी बातें समाप्त कीं और वहाँ से चले गए। उसके बाद सभी मंत्री और कन्नू भी वहाँ से कामकाज के लिए निकल गया मगर अगले कई दिनों तक सभी के मन में उस सभा की यादें ताज़ा रहीं!

अध्याय ९

अहम सवाल

ईश्वर के जवाब का दूसरा पहलू

महाराज कर्ण के राज्य में आकर कन्नू के हाथ एक सुनहरा मौका लगा था जिसे कन्नू ने पकड़ लिया था। महाराज ने कन्नू को एक उदाहरण दिया था, जो उसे इस सुनहरे मौके से चिपके रहने की याद दिलाता था। महाराज ने बताया था,

'सुनहरा मौका उस इंसान की तरह है जो पीछे से गंजा है मगर आगे से उसके लंबे बाल हैं। इस इंसान को अगर आसानी से पकड़ना चाहते हो तो आगे से ही पकड़ना होगा... पीछे से पकड़ने की कोशिश करोगे तो हाथ फिसल जाएगा। अगर इस इंसान के बाल आपके हाथ में हैं तो आप उससे जो चाहें करवा सकते हैं। ठीक इसी तरह अगर कोई मौका आपके सामने आया हो तो उसे सामने से ही पकड़ा जाना चाहिए। मौका हाथ से निकलने के बाद उसके गंजे सिर को पकड़ने की कोशिशें नाकामयाब ही होंगी। जब मौका

आपके हाथ लग जाता है तब अपनी लगन और मेहनत से सफलता पाना भी आसान हो जाता है।'

महाराज के मार्गदर्शन पर अमल करके कन्नू ने सुनहरा मौका तो पकड़ लिया था मगर जब वह आलसी हो जाता, उसके मन में ध्यान न करने की इच्छा जगती या शारीरिक प्रशिक्षण पर न जाने के विचार आते तो उसे वह गंजा इंसान नज़र आने लगता, जिसका सिर उसके हाथ से फिसलता जा रहा है। इस चित्र के नज़र आते ही कन्नू के मन से आलस के सभी विचार गायब हो जाते। उसे अपना लक्ष्य तुरंत याद आ जाता और उसमें मेहनत करने की नई उम्मीद जगती। जब तक यह याद उसके मन में ताज़ा रहती तब तक आलस्य का एक भी विचार उसके मन को छू नहीं पाता था।

जब वह अपना लक्ष्य भूल जाता तब आलस्य के विचार और उनका शोर भी वापस आ जाता था मगर कन्नू ने इस समस्या में ही अपना समाधान खोज लिया था। उसने सजगतापूर्वक प्रयास करके आलस्य के विचारों के साथ गंजे इंसान का चित्र जोड़ दिया था। महाराज के इस छोटे से उदाहरण ने कन्नू के मन से आलस्य के विचारों का शोर नष्ट हो गया था।

महाराज कर्ण जानते थे कि कई लोग एक समय के बाद अपना लक्ष्य भूल जाते हैं, जिस उद्देश्य से उन्होंने वह कार्य शुरू किया था, वह उद्देश्य ही उनके मन से धुँधला हो जाता है। जिसके परिणामस्वरुप आलस्य या बोरडम के विचार उनके मन पर हावी हो जाते हैं। अपने कर्मचारियों की ऐसी अवस्था न हो इसलिए कई प्रतिष्ठित संस्थाएँ अपने कर्मचारियों से संस्था का मिशन बार-बार दोहराया करती हैं या हर तीन महीनों में अपने कर्मचारियों को एक नए लक्ष्य पर कार्य करने के लिए प्रेरित करती हैं।

इन सभी बातों को ध्यान में रखते हुए महाराज कर्ण इस नतीजे पर पहुँचे थे कि हर इंसान यही प्रक्रिया स्वयं के साथ भी कर सकता है। अपने लिए एक दमदार लक्ष्य-वाक्य बनाकर उसे पूरे जोश के साथ हररोज दोहराने से इंसान के मन से आलस्य के विचार भाग जाएँगे।

बस्ती से भागनेवाले कन्नू और महाराज कर्ण के राज्य का भावी राजा बननेवाले कन्नू में ज़मीन-आस्मान का फर्क आ चुका था। अब कन्नू ने हररोज योग-साधना करके और उचित खानपान को अपनाकर शारीरिक स्वास्थ्य पाया था। महाराज के भव्य-दिव्य ग्रंथालय एवं मंत्रिमंडल की मदद से उसका मानसिक स्तर पर विकास हो

रहा था। साथ ही महाराज के मार्गदर्शन से उसकी आध्यात्मिक उन्नति भी हो रही थी। अब कन्नू को अपना पुराना, डरा-सहमा रहनेवाला, हर छोटी बात पर गुस्सा होनेवाला, लोगों से हर वक्त नाराज़ रहनेवाला रूप किसी और ही व्यक्ति का रूप प्रतीत होता था। साथ ही, अपनी शंकाओं का समाधान पाने के पश्चात कन्नू को काफी राहत भी महसूस हो रही थी।

वह जब भी मनन करने बैठता तब मनन या ध्यान के अंत तक उसे अपने लगभग सभी सवालों के जवाब मिल जाया करते थे। निरंतर अभ्यास और **'मैं यह विचार नहीं हूँ'** इस मंत्र के लगातार उपयोग का ही यह फल था। अब वह महाराज की भाषा से इतना ट्यून हो चुका था कि उनके केवल मुस्कुराने से भी वह उनकी बात को समझ जाता। उनकी एक नज़र से भी कन्नू के मन में उठा शोर शांत हो जाया करता था। अब बस एक ही शब्द था, जिसका अर्थ कन्नू खोज रहा था- अंतर्ध्वनि!

जब-जब कन्नू 'अंतर्ध्वनि' इस शब्द से मन में मचाए हुए शोर के बारे में महाराज से बात करने की कोशिश करता तब-तब महाराज उसे एक ही जवाब देते, 'इस प्रकार का शोर तुम्हारे मन में उठना एक अच्छा संकेत है। इससे घबराने या भ्रमित होने की आवश्यकता नहीं है। यही शोर तुम्हारी खोज को आगे बढ़ाएगा।'

'कैसी खोज महाराज?' कन्नू उतावला होकर पूछता।

'जो तुम हो वही बने रहने की खोज!' यह जवाब देते हुए महाराज की आँखों में एक अलग ही चमक आ जाती। जिसे देख कन्नू के मन में प्रश्न के साथ-साथ जिज्ञासा भी उठती और वह महाराज से पूछता, 'लेकिन मैं कौन हूँ? क्यों आया हूँ मैं इस पृथ्वी पर?' महाराज इस सवाल का जवाब न देते हुए... बस मुस्कुराकर उसे उसकी खोज ज़ारी रखने का संकेत दिया करते थे।

एक दिन कन्नू मुस्कुराता हुआ महाराज के कक्ष में जा पहुँचा। इस समय महाराज अपने आसन पर बैठे किताब पढ़ रहे थे। कन्नू को देखकर उन्होंने पूछा, 'क्या बात है? इतना मुस्कुरा क्यों रहे हो?' कन्नू ने महाराज के बगलवाले आसान पर बैठते हुए जवाब दिया, 'मुझे जवाब मिल गया महाराज... मैं जानता हूँ, मैं कौन हूँ!'

महाराज ने चौंककर कन्नू की तरफ देखा और पूछा, 'अच्छा... और क्या है तुम्हारा जवाब?'

कन्नू ने बड़े गर्व से बताया, 'मैं केवल इस राज्य का होनेवाला भावी राजा नहीं हूँ... मैं वह इंसान हूँ, जो इस राज्य के हरेक इंसान को शोर से मुक्ति दिलाएगा। मैं अपने अनुभवों और आपके मार्गदर्शन के आधार पर सभी को शोर से मुक्ति दिलाने में सहायता करूँगा। ऐसा करने के लिए मैं एक ऐसी राज्य-व्यवस्था स्थापित करूँगा कि हरेक इंसान जल्द से जल्द शोर से मुक्त हो जाए। केवल इस राज्य के लोगों को ही नहीं बल्कि पूरे विश्व के हरेक इंसान को शोर से मुक्ति दिलाने के लिए ही मेरा जन्म हुआ है महाराज... यह कार्य करते हुए मैं न कभी थकूँगा न कभी रुकूँगा... सुबह हो या शाम... दिन हो या रात... मैं हर पल, हर क्षण अपना यह लक्ष्य याद रखूँगा और मेरा हर कार्य इस लक्ष्य की पूर्ति के लिए ही होगा। जिसे पूरा करने के लिए ही मेरा जन्म हुआ है, महाराज।'

'कन्नू... तुम्हारा जवाब (लक्ष्य) बढ़िया है और इस विषय में तुम्हारे विचार भी बहुत सुंदर हैं मगर यह अंतिम जवाब नहीं है। लोगों की मदद करना, उनकी भलाई के बारे में सोचना और वैसा कर दिखाना तो तुम्हारी मौलिकता है। इस बात को मैंने तभी भाँप लिया था, जब तुमने सभी को ध्यान-विधि सिखाने का अव्यक्तिगत प्रस्ताव रखा था। मुझे इस बात की खुशी है कि तुम्हें अपनी मौलिकता समझ में आई। जिस कारण तुम किसी और की भलाई के लिए निरंतर, अथक परिश्रम करने के लिए तैयार हो।'

'धन्यवाद महाराज... मेरा आपसे यह वादा है कि मैं हर वह कोशिश करूँगा, जो इस लक्ष्य की पूर्ति में मददगार साबित होगी। लेकिन महाराज... सवाल अब भी अनुत्तरित है.... मैं कौन हूँ?'

'माफ करना कन्नू... इस सवाल का जवाब तुम्हें स्वयं ही खोजना होगा। केवल खोजना ही नहीं बल्कि अनुभव से जानना भी होगा।'

'महाराज... इस सवाल का जवाब जानने की मेरी प्यास बढ़ती ही जा रही है। क्या मैं एक लड़का हूँ? किसी का बेटा, किसी का भाई या किसी का मित्र हूँ? क्या मैं एक राजा हूँ? या सिर्फ कन्नू हूँ? कौन हूँ मैं!'

'अंतर्ध्वनि...' महाराज ने आसन से छत की ओर जाते हुए शांत भाव से कहा।

'अंतर्ध्वनि?' कन्नू ने कुछ चिढ़कर पूछा। उसके मन की हालत नज़र आते हुए

भी महाराज का शांत रहना अब कन्नू के मन में शोर पैदा कर रहा था।

कन्नू को छत पर ले जाकर शांत भाव से महाराज ने कुछ सवाल पूछे, 'कन्नू… तुमने बस्ती छोड़ने का निर्णय क्यों लिया था?'

'क्योंकि पहाड़ से नीचे उतरते हुए मेरे अंदर एक आवाज़ उठी थी।' वह अतार्किक बात कहनेवाली आवाज़ आज भी कन्नू के कानों में गूँजती थी।

दूर किसी ओर इशारा करते हुए महाराज ने कहा, 'वह पहाड़ नज़र आ रहा है तुम्हें? मैं बस इतना कह सकता हूँ कि इस सवाल का भी जवाब तुम्हें उस पहाड़ पर ही मिलेगा। मेरे अंदर अंतर्ध्वनि वही उठी थी… शायद तुम्हारे अंदर भी वही उठे।'

अध्याय १०

अंतर्ध्वनि की गूँज

निर्विचार अवस्था का स्वाद

'**क्या** कभी मुझे अपने सवाल का जवाब मिलेगा?' विचारों के शोर से परेशान कन्नू मन-ही-मन छटपटा रहा था। पिछले कई दिनों से 'मैं कौन हूँ?' इस सवाल का जवाब वह ढूँढ़ रहा था। महाराज कर्ण ने भी कन्नू को यही बताया था कि इस सवाल का जवाब उसे खुद ही ढूँढ़ना है। अतः वह रोज़ इस सवाल पर मनन करता था मगर उसे कोई ठोस जवाब नहीं मिलता था।

राजपाठ के कार्य, महल के अलग-अलग काम, पठन, ध्यान आदि बातों को पूरा करते हुए दिन कब खत्म हो जाता था, यह कन्नू को समझ में नहीं आता था। बहुत कम समय में वह महल के नियम और राजपाठ के कामों को करने का तरीका अच्छी तरह से समझ गया था। कामकाज के दौरान जहाँ कन्नू को दिक्कतें आती थीं, वहाँ महाराज कर्ण स्वयं उसे मार्गदर्शन देते थे। इसलिए वह बहुत अच्छी तरह से सभी कामों का संचालन कर पाता था।

इस वातावरण के बीच जब उसे याद आता था कि 'मैं कौन हूँ?' इस सवाल पर खोज करनी है तब वह परेशान हो जाता था। उसे लगता था कि महाराज कर्ण की बताई हुई हर बात पर अच्छे ढंग से अमल करने के बावजूद, उस सवाल का जवाब क्यों नहीं मिल रहा है?

अपने सवाल का जवाब पाने की कन्नू की प्यास धीरे-धीरे बढ़ रही थी। उसकी बदलती हुई अवस्था महाराज कर्ण से छिपी नहीं थी। उन्होंने भी इस सवाल का जवाब पाने के लिए खोज की थी। अतः खोज के दौरान प्रकट होनेवाली अलग-अलग अवस्थाओं से वे वाकिफ थे। कम समय में कन्नू ने जो विकास किया था, उससे महाराज को खुशी होती थी। हालाँकि वे जानते थे कि इसके आगे की खोज कन्नू को स्वयं करनी होगी ताकि अपने सवाल का जवाब उसे अनुभव से मिल जाए।

उस दिन रात को सोने से पहले कन्नू 'मैं कौन हूँ?' इसी सवाल पर मनन कर रहा था। विचारों में खोए हुए कन्नू को अचानक उसके भूतकाल की याद आई कि बस्ती में रहनेवाला कन्नू कैसा था। वहाँ होनेवाली परेशानी की जब उसने ईश्वर से शिकायत की थी तब उसे अंतर्ध्वनि के रूप में मार्गदर्शन मिला था...

अचानक कन्नू को झटका लगा कि इतने दिनों में उस अंतर्ध्वनि द्वारा मिले हुए मार्गदर्शन पर उसने कोई मनन ही नहीं किया था। उसे वह पंक्ति याद थी... **'जो तुम हो, वही बनकर रहो...! Be as you are...!'**

उसे लगा कि 'मैं कौन हूँ?' इस सवाल के जवाब से इस पंक्ति का कोई संबंध है? कन्नू ने अपने सवाल के साथ अंतर्ध्वनि को जोड़ने की कोशिश की... 'मैं कौन हूँ... जो मैं हूँ, वही बनकर रहूँ...। क्या इसका मतलब मैं जो कार्य करता हूँ, इससे है? या ... मैं राजा बननेवाला हूँ, इससे है? या मेरे ध्यान से है? या मैं जो अलग-अलग पुस्तकें पढ़ता हूँ, उनसे है?'

फिर से कन्नू के मन में विचारों का शोर छाने लगा। वह जानता था कि इस सवाल के अलावा महल में महाराज कर्ण द्वारा उसे जो-जो बातें सिखाई गई थीं, वे सारी बातें वह बखूबी सीख गया था। कामकाज की वजह से अब उसके विचारों में कोई शोर नहीं होता था। केवल एक सवाल की वजह से बार-बार उसके अंदर खलबली होती थी।

इसी शोर में खो जाने की वजह से उस दिन कन्नू रात को देर से सोया। जिसकी वजह से दूसरे दिन सुबह उठने में उसे देर हुई और वह ध्यान कक्ष में समय पर पहुँच नहीं पाया। जब उसने ध्यान कक्ष में प्रवेश किया तब महाराज कर्ण और बाकी मंत्री पहले से ही ध्यान में बैठे हुए थे। सभी के साथ मिलकर कन्नू भी ध्यान करने लगा।

ध्यान के दौरान उसे फिर से रात के विचार आए। विचारों की भीड़ में उसे एक विचार यह भी आया कि 'मैं यह विचार नहीं हूँ।' इस विचार के बाद कुछ समय तक उसे कोई विचार नहीं आया। कन्नू ने कुछ समय के लिए निर्विचार अवस्था का अनुभव किया। उस दिन पहली बार उसे कुछ समय के लिए आंतरिक शोर से पूरी तरह मुक्त होने का अनुभव मिला।

ध्यान के दौरान जब कन्नू के विचार फिर से शुरू हुए तब शोर की जगह शांति का अनुभव उसके पूरे शरीर में फैल गया। उसने सोचा कि कहीं न कहीं उसके सवाल का जवाब अंतर्ध्वनि और महाराज कर्ण द्वारा दी गई समझ में था। ध्यान के अंत में उसने मन-ही-मन कुछ निर्णय लिया और आँखें खोलीं।

ध्यान परिसर से बाहर आने के बाद रोज़ की तरह कन्नू ने सारे कार्य पूरे किए। आगे के कुछ दिनों के लिए कौन से कार्य करने हैं, इसकी सूचनाएँ सभी सेवकों को दीं। कामकाज को अच्छी तरह से पूरा करने के बाद दिन के अंत में वह महाराज कर्ण से मिलने गया।

'आओ कन्नू। आज बहुत खुश लग रहे हो? क्या बात है?' महाराज कर्ण ने बातचीत की शुरुआत करते हुए कहा।

'महाराज, आज मैं आपसे एक इजाजत माँगने आया हूँ।' जबाव में कन्नू ने सीधे अपने मन की बात सामने रखते हुए कहा।

'अब तुम्हें कौन सी इजाजत चाहिए?'

'कामकाज से कुछ दिनों तक दूर रहने की इजाजत।'

'वह क्यों?'

'महाराज, आप जानते हैं कि जब मैंने महल में प्रवेश किया था तब मुझमें कई कमियाँ थीं। साथ ही महल में आने के बाद मैं आंतरिक शोर से बहुत परेशान था।

मगर आपके मार्गदर्शन की वजह से धीरे-धीरे वह शोर कम होता गया। आज मेरे मन में चलनेवाले कामकाज से संबंधित विचारों का शोर समाप्त हो गया है।

किंतु 'मैं कौन हूँ?', इस सवाल की वजह से मैं इन दिनों परेशान रहता हूँ। इस सवाल के साथ मुझे कई और विचार आते हैं। 'मैं कौन हूँ?', इस सवाल की वजह से आज भी मैं आंतरिक शोर में खो जाता हूँ।

आज ध्यान के दौरान 'मैं कौन हूँ?', इस सवाल के जवाब में मैंने स्वयं से कहा कि 'यह विचार मैं नहीं हूँ।' उसके बाद ध्यान में कुछ समय तक मुझे आंतरिक शोर से पूर्ण रूप से मुक्त होने का अनुभव आया। इसके बाद आगे मैं ध्यान में आए हुए अनुभव को समझने की कोशिश करना चाहता हूँ। ध्यान के बाद अब मैं स्वयं में बड़ा बदलाव महसूस कर रहा हूँ।

इसलिए अगले कुछ दिनों तक मैं अपनी खोज को आगे बढ़ाना चाहता हूँ। राजपाठ के कार्यों से कुछ समय तक दूर रहकर उस पहाड़ पर जाकर ध्यान साधना करना चाहता हूँ, जिसका जिक्र आपने किया था। मैं चाहता हूँ कि मेरे सारे सवालों के जवाब मुझे अनुभव से मिल जाएँ। आज के ध्यान में जिस अवस्था का अनुभव मैंने कुछ समय के लिए किया, वह मैं हमेशा के लिए लेना चाहता हूँ। मैं अपने विचारों के शोर से पूर्ण रूप से मुक्त होना चाहता हूँ।' कन्नू ने अपना दिल खोलकर महाराज कर्ण को बताया।

महाराज, कन्नू में हो रहे परिवर्तन जानते थे इसलिए उन्होंने उसे पहाड़ पर ध्यान साधना करने की इजाजत दी। साथ ही उसे यह विश्वास दिलाया कि उसकी साधना के दौरान अगर उसे किसी चीज़ की आवश्यकता हो तो वे उसे हमेशा मदद करने के लिए उपस्थित रहेंगे। महाराज ने कन्नू को यह कहकर निश्चिंत किया कि उसकी अनुपस्थिति में वे राजपाठ पर भी पूरा ध्यान देंगे।

महाराज कर्ण की शुभेच्छाएँ और आवश्यक तैयारी के साथ कन्नू उस पहाड़ की ओर चल पड़ा। उसके राजा बनने की यात्रा अब नए सिरे से शुरू हुई... जिस यात्रा का अंत केवल महाराज कर्ण जानते थे... वे देख रहे थे कि अब वह शुभ घड़ी दूर नहीं... जब कन्नू को अपने आंतरिक शोर से पूर्ण रूप से मुक्ति मिलेगी...

उनके अंदर बार-बार एक ही शब्द गूँज रहा था... 'अंतर्ध्वनि'...।

अध्याय ११

कुछ सालों बाद
कन्नू को मिला जवाब

'**म**हाराज कौशल की विजय हो... महाराज कौशल की विजय हो...' सारे प्रजाजन खुशी-खुशी अपने नए महाराज का स्वागत कर रहे थे... और खुश भी क्यों न हों! आज उनके महाराज कौशल के राज्याभिषेक का दिन था। सभी उत्साही और आनंदित थे कि उन्हें अब नए राजा मिल गए हैं। प्रजाजनों के उत्साह को देखकर महाराज कर्ण भी बेहद खुश थे।

महाराज कौशल कोई और नहीं बल्कि कुछ समय पहले का कन्नू था, जो साधना करने के लिए पहाड़ पर गया था। साधना के दौरान अलग-अलग तरह के अनुभव लेने के बाद कन्नू वापस आया। महाराज कर्ण ने देखा कि वापस आने के बाद उसने एक बार भी अपने आंतरिक शोर के बारे में जिक्र नहीं किया। सभी को महसूस हो रहा था कि साधना से पहले का कन्नू और पहाड़ से वापस आया हुआ कन्नू, इनमें बहुत फर्क था।

पहाड़ से लौटने के बाद कन्नू में आंतरिक रूप से

परिवर्तन हुआ। पहले उसके अंदर विचारों का शोर उठ रहा था मगर साधना के बाद अब उसके विचारों का शोर पूरी तरह से समाप्त हो गया था। उसके बरताव से प्रेम, करुणा, आनंद, उत्साह जैसे ईश्वरीय गुण प्रकट हो रहे थे। वह सभी के साथ आदर और शांति से पेश आता था।

कन्नू में हुआ यह बदलाव देखकर महाराज कर्ण ने तय किया कि जल्द से जल्द उसे राजा बनाया जाए। जब महाराज कर्ण ने कन्नू के सामने यह प्रस्ताव रखा तब उसने विनम्र होकर इसे स्वीकार किया। कन्नू ने महाराज कर्ण को यकीन दिलाया कि महाराज के पद का उपयोग वह लोगों में जागृति बढ़ाने तथा उनके अंदर उठनेवाले शोर को समाप्त करने के लिए करेगा।

महाराज कर्ण ने कन्नू के राज्यभिषेक की पूरी तैयारी की। आखिर राज्याभिषेक का वह दिन आया। उस दिन महाराज कर्ण ने अपने सारे अधिकार कन्नू को सौंपे। साथ ही उनका नया नामकरण किया– 'महाराज कौशल।'

महाराज कर्ण ने पूरे राज्य में 'महाराज कौशल' के राज्यभिषेक की खबर दी। साथ ही उसके स्वागत के लिए विशेष सभा का आयोजन किया। उस सभा के लिए सभी प्रजाजनों को आमंत्रित किया गया। राज्य के सभी लोग उस सभा में उपस्थित हुए। वे सभी अपने नए राजा से संदेश सुनना चाहते थे।

सारे समारोह के बाद 'महाराज कौशल' का सभा में आगमन हुआ। उन्होंने अपनी प्रजा से बात करने की शुरुआत की। सभा को संबोधित करते हुए महाराज कौशल ने कहा,

'मैं सबसे पहले महाराज कर्ण को तहेदिल से धन्यवाद देता हूँ कि उनकी वजह से आज मुझे इस राज्य का राजा बनने का सौभाग्य प्राप्त हुआ। महाराज कर्ण को हम सभी हमेशा एक आदर्श राजा के रूप में देखते हैं। इसके बाद भी समय-समय पर हम उनसे ज़रूर मार्गदर्शन लेते रहेंगे।

आप सभी जानते हैं कि आज हर इंसान के जीवन में तंत्रज्ञान का प्रभाव बढ़ रहा है। साथ ही जीवन की गति इस तरह बढ़ गई है कि एक जगह रुककर मनन करने के लिए कोई तैयार नहीं है। आज हर इंसान के मन को लगातार मनोरंजन की आवश्यकता होती है।

जो इंसान अपने मन को उसका पसंदीदा खाना अर्थात मनोरंजन नहीं देता, उसके अंदर विचारों का शोर मचता है! उस शोर से भागने के लिए वह मनोरंजन की मात्रा और बढ़ा देता है। इस दुश्चक्र की वजह से आज का इंसान आंतरिक शांति से दूर होता जा रहा है। उसके जीवन से एकाग्रता, उत्साह जैसे गुण कम हो रहे हैं। तथा आलस, बोरडम जैसे विकार बढ़ रहे हैं।' इतना कहकर महाराज कौशल कुछ समय के लिए रुक गए।

उन्होंने देखा कि पूरी प्रजा उनकी बातों से सहमत थी। लोग ध्यान से उनकी बातें सुन रहे थे। उन्हें संतोष हुआ कि कई लोग अपने आंतरिक शोर से मुक्ति पाना चाहते हैं। कुछ समय उपरांत उन्होंने फिर से बातचीत शुरू की।

'इस राज्य के राजा के रूप में आज मैं आपके सामने एक महत्वपूर्ण घोषणा करना चाहता हूँ। बाकी सभी सुविधाओं के साथ-साथ इसके बाद पूरे राज्य में अलग-अलग जगहों पर ध्यान कक्ष बनवाए जाएँगे, जिनके जरिए हर इंसान को उसके अंदर प्रकट हुए विचारों का शोर समाप्त करने के लिए मार्गदर्शन मिलेगा।

साथ ही ये ध्यान कक्ष एकाग्रता, निर्णयक्षमता जैसे आवश्यक गुणों को बढ़ाने के लिए भी सभी की सहायता करेंगे। ध्यान कक्ष की मदद से इस राज्य का हर इंसान अपना होश बढ़ा पाएगा। मैं आज आप सभी से आवाहन करता हूँ कि हर जगह पर बड़ी संख्या में आप सभी इसका लाभ लें ताकि ध्यान की मदद से आपके विचारों का शोर समाप्त हो जाए तथा आप जीवन में जो चाहें सो पाएँ।'

महाराज कौशल की इस घोषणा से सभी नागरिक आनंदित हुए। महाराज कर्ण को भी ध्यान कक्ष की कल्पना बहुत पसंद आई। उन्होंने तय किया कि वे भी ध्यान कक्ष के लिए अपना योगदान देंगे।

राज्याभिषेक समारोह के दूसरे दिन महाराज कौशल से कुछ लोग मिलने आए। सेवक ने बताया कि वे पास ही के राज्य से आए थे। जब वे लोग महाराज कौशल के सामने आए तब उन्हें पता चला कि वे कन्नू की पुरानी बस्ती के लोग थे, जो बड़े कानों की वजह से उसे चिढ़ाते थे। वे सभी महाराज कौशल बने कन्नू से नज़रें नहीं मिला पा रहे थे। उन्हें अपराध महसूस हो रहा था कि उन्होंने जिस कन्नू का मज़ाक उड़ाया था, वही आज अपने गुणों से एक राज्य का राजा बन गया था।

महाराज कौशल ने बाकी प्रजाजनों की तरह अपने बस्तीवालों का भी स्वागत किया और उनका हाल-चाल पूछा। बातचीत के दौरान बस्तीवालों ने महाराज कौशल के ध्यान कक्ष की कल्पना का स्वागत किया। उन्होंने अपनी इच्छा प्रकट की कि वे भी ध्यान कक्ष में अपने आंतरिक शोर से मुक्त होने के लिए मार्गदर्शन पाना चाहेंगे।

महाराज कौशल तुरंत इस बात के लिए राज़ी हुए। वे चाहते थे कि ज़्यादा से ज़्यादा लोग ध्यान कक्ष का लाभ लें। इसलिए उन्होंने कुछ समय तक बस्तीवालों को अपने राज्य में ही रुकने की आज्ञा दी।

महाराज कर्ण इस बात से बहुत आनंदित हुए कि ताने मारनेवाले बस्ती के लोग सामने आने के बावजूद महाराज कौशल उनके सामने समझदारी और शांति से पेश आए। यहाँ तक कि महाराज कौशल ने उन्हें ध्यान कक्ष का लाभ लेने का भी मौका दिया। महाराज कर्ण संतुष्ट थे कि उनका चुनाव सही था।

जिस तरह ध्यान कक्ष के लाभ से उस राज्य के सभी लोग आंतरिक शोर से मुक्ति के पथ पर चले, उसी तरह इस पुस्तक के पठन से आपके अंदर उठनेवाला विचारों का शोर पूरी तरह से समाप्त हो जाए, इसके लिए ढेर सारी शुभकामनाएँ!

• • •

यह पुस्तक पढ़ने के बाद आप अपना अभिप्राय (विचार सेवा) इस पते पर भेज सकते हैं...
Tejgyan Global Foundation, Pimpri Colony Post office, P.O. Box 25, Pune - 411 017. Maharashtra (India).

सरश्री अल्प परिचय

स्वीकार मंत्र मुद्रा

सरश्री की आध्यात्मिक खोज का सफर उनके बचपन से प्रारंभ हो गया था। इस खोज के दौरान उन्होंने अनेक प्रकार की पुस्तकों का अध्ययन किया। इसके साथ ही अपने आध्यात्मिक अनुसंधान के दौरान अनेक ध्यान पद्धतियों का अभ्यास किया। उनकी इसी खोज ने उन्हें कई वैचारिक और शैक्षणिक संस्थानों की ओर बढ़ाया। इसके बावजूद भी वे अंतिम सत्य से दूर रहे।

उन्होंने अपने तत्कालीन अध्यापन कार्य को भी विराम लगाया ताकि वे अपना अधिक से अधिक समय सत्य की खोज में लगा सकें। जीवन का रहस्य समझने के लिए उन्होंने एक लंबी अवधि तक मनन करते हुए अपनी खोज जारी रखी। जिसके अंत में उन्हें आत्मबोध प्राप्त हुआ। आत्मसाक्षात्कार के बाद उन्होंने जाना कि अध्यात्म का हर मार्ग जिस कड़ी से जुड़ा है वह है- समझ (अंडरस्टैण्डिंग)।

सरश्री कहते हैं कि 'सत्य के सभी मार्गों की शुरुआत अलग-अलग प्रकार से होती है लेकिन सभी के अंत में एक ही समझ प्राप्त होती है। 'समझ' ही सब कुछ है और यह 'समझ' अपने आपमें पूर्ण है। आध्यात्मिक ज्ञान प्राप्ति के लिए इस 'समझ' का श्रवण ही पर्याप्त है।'

सरश्री ने ढाई हज़ार से अधिक प्रवचन दिए हैं और सौ से अधिक पुस्तकों की रचना की हैं। ये पुस्तकें दस से अधिक भाषाओं में अनुवादित की जा चुकी हैं और प्रमुख प्रकाशकों द्वारा प्रकाशित की गई हैं, जैसे पेंगुइन बुक्स, हे हाऊस पब्लिशर्स, जैको बुक्स, हिंद पॉकेट बुक्स, मंजुल पब्लिशिंग हाऊस, प्रभात प्रकाशन, राजपाल ॲण्ड सन्स इत्यादि।

तेजज्ञान फाउण्डेशन – परिचय

तेजज्ञान फाउण्डेशन आत्मविकास से आत्मसाक्षात्कार प्राप्त करने का एक रास्ता है। इसके लिए सरश्री द्वारा एक अनूठी बोध पद्धति (System for Wisdom) का सृजन हुआ है। इस पद्धति को अन्तर्राष्ट्रीय मानक ISO 9001:2015 के आवश्यकताओं एवं निर्देशों के अनुरूप ढालकर सरल, व्यावहारिक एवं प्रभावी बनाया गया है।

इस संस्था की बोध पद्धति के विभिन्न पहलुओं (शिक्षण, निरीक्षण व गुणवत्ता) को स्वतंत्र गुणवत्ता परीक्षकों (Quality Auditors) द्वारा क्रमबद्ध तरीके से जाँचा गया। जिसके बाद इन पहलुओं को ISO 9001:2015 के अनुरूप पाकर, इस बोध पद्धति को प्रमाणित किया गया है।

फाउण्डेशन का लक्ष्य आपको नकारात्मक विचार से सकारात्मक विचार की ओर बढ़ाना है। सकारात्मक विचार से शुभ विचार यानी हॅपी थॉट्स (विधायक आनंदपूर्ण विचार) और शुभ विचार से निर्विचार की ओर बढ़ा जा सकता है। निर्विचार से ही आत्मसाक्षात्कार संभव है। शुभ विचार (Happy Thoughts) यानी यह विचार कि 'मैं हर विचार से मुक्त हो जाऊँ।' शुभ इच्छा यानी यह इच्छा कि 'मैं हर इच्छा से मुक्त हो जाऊँ।'

ज्ञान का अर्थ है सामान्य ज्ञान लेकिन तेजज्ञान यानी वह ज्ञान जो ज्ञान व अज्ञान के परे है। कई लोग सामान्य ज्ञान की जानकारी को ही ज्ञान समझ लेते हैं लेकिन असली ज्ञान और जानकारी में बहुत अंतर है। आज लोग सामान्य ज्ञान के जवाबों को ज़्यादा महत्त्व देते हैं। उदाहरण के तौर पर कर्म और भाग्य, योग और प्राणायाम, स्वर्ग और नर्क इत्यादि। आज के युग में सामान्य ज्ञान प्रदान करनेवाले लोग और शिक्षक कई मिल जाएँगे मगर इस ज्ञान को पाकर जीवन में कोई बड़ा परिवर्तन नहीं होता। यह ज्ञान या तो केवल बुद्धि विलास है या फिर अध्यात्म के नाम पर बुद्धि का व्यायाम है।

सभी समस्याओं का समाधान है– तेजज्ञान। भय से मुक्ति, चिंतारहित व क्रोध से आज़ाद जीवन है– तेजज्ञान। शारीरिक, मानसिक, सामाजिक, आर्थिक और आध्यात्मिक उन्नति के लिए है– तेजज्ञान। तेजज्ञान आपके अंदर है, आएँ और इसे पाएँ।

यदि आप ऐसा ज्ञान चाहते हैं, जो सामान्य ज्ञान के परे हो, जो हर समस्या का समाधान हो, जो सभी मान्यताओं से आपको मुक्त करे, जो आपको ईश्वर का साक्षात्कार कराए, जो आपको सत्य पर स्थापित करे तो समय आ गया है तेजज्ञान को जानने का। समय आ गया है शब्दोंवाले सामान्य ज्ञान से उठकर तेजज्ञान का अनुभव करने का।

अब तक अध्यात्म के अनेक मार्ग बताए गए हैं। जैसे जप, तप, मंत्र, तंत्र, कर्म, भाग्य, ध्यान, ज्ञान, योग और भक्ति आदि। इन मार्गों के अंत में जो समझ, जो बोध प्राप्त होता है, वह एक ही है। सत्य के हर खोजी को अंत में एक ही समझ मिलती है और इस समझ को सुनकर भी प्राप्त किया जा सकता है। उसी समझ को सुनना यानी तेजज्ञान प्राप्त करना है। तेजज्ञान के श्रवण से सत्य का साक्षात्कार होता है, ईश्वर का अनुभव होता है। यही तेजज्ञान सरश्री महाआसमानी शिविर में प्रदान करते हैं।

महाआसमानी परम ज्ञान
शिविर परिचय और लाभ (निवासी)

क्या आपको उच्चतम आनंद पाने की इच्छा है? ऐसा आनंद, जो किसी कारण पर निर्भर नहीं है, जिसमें समय के साथ केवल बढ़ोतरी ही होती है। क्या आप इसी जीवन में प्रेम, विश्वास, शांति, समृद्धि और परमसंतुष्टि पाना चाहते हैं? क्या आप शारीरिक, मानसिक, सामाजिक, आर्थिक और आध्यात्मिक इन सभी स्तरों पर सफलता हासिल करना चाहते हैं? क्या आप 'मैं कौन हूँ' इस सवाल का जवाब अनुभव से जानना चाहते हैं।

यदि आपके अंदर इन सवालों के जवाब जानने की और 'अंतिम सत्य' प्राप्त करने की प्यास जगी है तो तेजज्ञान फाउण्डेशन द्वारा आयोजित 'महाआसमानी शिविर' में आपका स्वागत है। यह शिविर पूर्णतः सरश्री की शिक्षाओं पर आधारित है। सरश्री आज के युग के आध्यात्मिक गुरु और 'तेजज्ञान फाउण्डेशन' के संस्थापक हैं, जो अत्यंत सरलता से आज की लोकभाषा में आध्यात्मिक समझ प्रदान करते हैं।

महाआसमानी शिविर का उद्देश्य :

इस शिविर का उद्देश्य है, 'विश्व का हर इंसान 'मैं कौन हूँ' इस सवाल का जवाब जानकर सर्वोच्च आनंद में स्थापित हो जाए।' उसे ऐसा ज्ञान मिले, जिससे वह

हर पल वर्तमान में जीने की कला प्राप्त करे। भूतकाल का बोझ और भविष्य की चिंता इन दोनों से वह मुक्त हो जाए। हर इंसान के जीवन में स्थायी खुशी, सही समझ और समस्याओं को विलीन करने की कला आ जाए। मनुष्य जीवन का उद्देश्य पूर्ण हो।

'मैं कौन हूँ? मैं यहाँ क्यों हूँ? मोक्ष का अर्थ क्या है? क्या इसी जन्म में मोक्ष प्राप्ति संभव है?' यदि ये सवाल आपके अंदर हैं तो महाआसमानी शिविर इसका जवाब है।

महाआसमानी शिविर के मुख्य लाभ :

इस शिविर के लाभ तो अनगिनत हैं मगर कुछ मुख्य लाभ इस प्रकार हैं-

* जीवन में दमदार लक्ष्य प्राप्त होता है।
* 'मैं कौन हूँ' यह अनुभव से जानना (सेल्फ रियलाइजेशन) होता है।
* मन के सभी विकार विलीन होते हैं।
* भय, चिंता, क्रोध, बोरडम, मोह, तनाव जैसी कई नकारात्मक बातों से मुक्ति मिलती है।
* प्रेम, आनंद, मौन, समृद्धि, संतुष्टि, विश्वास जैसे कई दिव्य गुणों से युक्ति होती है।
* सीधा, सरल और शक्तिशाली जीवन प्राप्त होता है।
* हर समस्या का समाधान प्राप्त करने की कला मिलती है।
* 'हर पल वर्तमान में जीना' यह आपका स्वभाव बन जाता है।
* आपके अंदर छिपी सभी संभावनाएँ खुल जाती हैं।
* इसी जीवन में मोक्ष (मुक्ति) प्राप्त होता है।

महाआसमानी शिविर में भाग कैसे लें ?

इस शिविर में भाग लेने के लिए आपको कुछ खास माँगें पूरी करनी होती हैं। जैसे –

१) आपकी उम्र कम से कम अठारह साल या उससे ऊपर होनी चाहिए।
२) आपको सत्य स्थापना शिविर (फाउण्डेशन ट्रुथ रिट्रीट) में भाग लेना होगा, जहाँ आप सीखेंगे– वर्तमान के हर पल को कैसे जीया जाए और निर्विचार दशा में कैसे प्रवेश पाएँ।

३) आपको कुछ प्राथमिक प्रवचनों में उपस्थित होना है, जहाँ आप बुनियादी समझ आत्मसात कर, महाआसमानी शिविर के लिए तैयार होते हैं।

यह शिविर साल में पाँच या छह बार आयोजित होता है, जिसका लाभ हज़ारों खोजी उठाते हैं। इस शिविर की तैयारी आगे दिए गए स्थानों पर कराई जाती है। पुणे, मुंबई, दिल्ली, सांगली, सातारा, जलगाँव, अहमदाबाद, कोल्हापुर, नासिक, अहमदनगर, औरंगाबाद, सूरत, बरोडा, नागपुर, भोपाल, रायपुर, चेन्नई, वर्धा, अमरावती, चंद्रपुर, यवतमाल, रत्नागिरी, लातूर, बीड, नांदेड, परभणी, पनवेल, ठाणे, सोलापुर, पंढरपुर, अकोला, बुलढाणा, धुले, भुसावल, बैंगलोर, बेलगाम, धारवाड, भुवनेश्वर, कोलकत्ता, राँची, लखनऊ, कानपुर, चंदीगढ़, जयपुर, पणजी, म्हापसा, इंदौर, इटारसी, हरदा, विदिशा, बुरहानपुर।

आप महाआसमानी की तैयारी फाउण्डेशन में उपलब्ध सरश्री द्वारा रचित पुस्तकों, सी.डी. और कैसेटस् सुनकर कर सकते हैं। इसके अलावा आप टी.वी., रेडियो और यू ट्यूब पर सरश्री के प्रवचनों का लाभ भी ले सकते हैं मगर याद रहे, ये पुस्तकें, कैसेट, टी.वी., रेडियो और यू ट्यूब के प्रवचन शिविर का परिचय मात्र है, तेजज्ञान नहीं। आप महाआसमानी शिविर में भाग लेकर ही तेजज्ञान का आनंद ले सकते हैं। आगामी महाआसमानी शिविर में अपना स्थान आरक्षित करने के लिए संपर्क करें : 09921008060/75, 9011013208

महाआसमानी शिविर स्थान :

यह शिविर पुणे में स्थित मनन आश्रम पर आयोजित किया जाता है। इस शिविर के लिए भोजन और रहने की व्यवस्था की जाती है। यदि आपको कोई शारीरिक बीमारी है और आप नियमित रूप से दवाई ले रहे हैं तो कृपया अपनी दवाइयाँ साथ में लेकर आएँ। वातावरण अनुसार गरम कपड़े, स्वेटर, ब्लैंकेट आदि भी लाएँ।

'मनन आश्रम' पुणे शहर के बाहरी क्षेत्र में पहाड़ों और निसर्ग के असीम सौंदर्य के बीच बसा हुआ है। इस आश्रम में पुरुषों और महिलाओं के लिए अलग-अलग, कुल मिलाकर 700 से 800 लोगों के रहने की व्यवस्था है। यह आश्रम पुणे शहर से 17 किलो मीटर की दूरी पर है। हवाई अड्डा, हाइवे और रेलवे से पुणे आसानी से आ-जा सकते हैं।

मनन आश्रम : मनन आश्रम, पुणे, सर्वे नं. ४३, सनस नगर, नांदोशी गाँव, किरकट वाडी फाटा, तहसील - हवेली, जिला : पुणे - ४११०२४. फोन : 09921008060

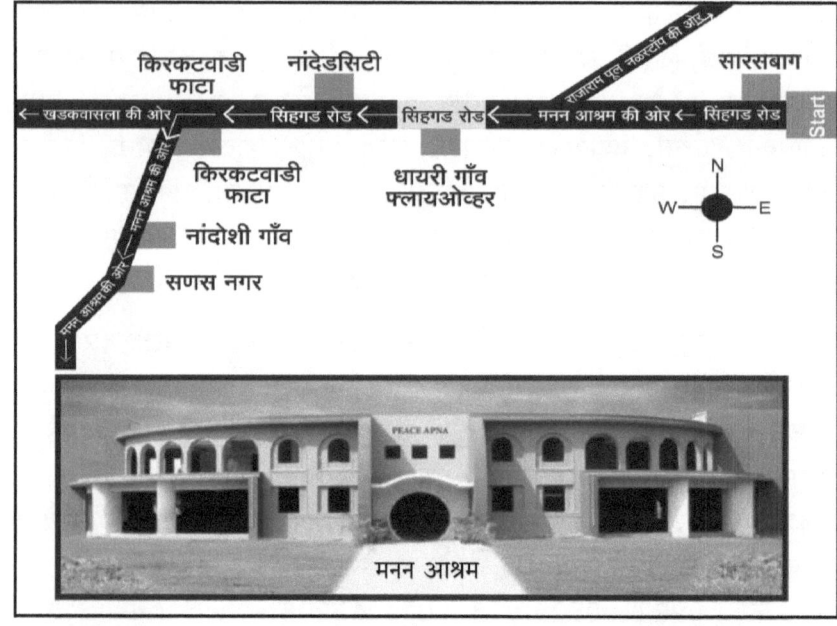

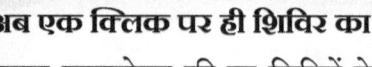

अब एक क्लिक पर ही शिविर का रजिस्ट्रेशन !

तेजज्ञान फाउण्डेशन की इन शिविरों के लिए
अब आप ऑनलाईन रजिस्ट्रेशन भी कर सकते हैं–

* महाआसमानी परम ज्ञान शिविर परिचय और लाभ (पाँच दिवसीय निवासी शिविर)
* मैजिक ऑफ अवेकनिंग (केवल अंग्रेजी भाषा जाननेवालों के लिए तीन दिवसीय निवासी शिविर)
* मिनी महाआसमानी (निवासी) शिविर, युवाओं के लिए

रजिस्ट्रेशन के लिए आज ही लॉग इन करें

www.tejgyan.org

– तेजज्ञान इंटरनेट रेडियो –

२४ घंटे और ३६५ दिन सरश्री के प्रवचन और भजनों का लाभ लें, तेजज्ञान इंटरनेट रेडियो द्वारा। देखें लिंक
http://www.tejgyan.org/internetradio.aspx

हर रविवार सुबह १०:०५ से १०:१५ रेडियो विविध भारती, एफ. एम. पुणे पर 'तेजविकास मंत्र'

नोट : *उपरोक्त कार्यक्रमों के समय बदल सकते हैं इसलिए समय की पुष्टि करें।*

www.youtube.com/tejgyan

पर भी सरश्री के प्रवचनों का लाभ ले सकते हैं।

For online shoping visit us - www.tejgyan.org, www.gethappythoughts.org

पुस्तकें प्राप्त करने के लिए नीचे दिए गए पते पर मनीऑर्डर द्वारा पुस्तक का मूल्य भेज सकते हैं। पुस्तकें रजिस्टर्ड, कुरियर अथवा वी.पी.पी. द्वारा भी भेजी जाती हैं। पुस्तकों के लिए नीचे दिए गए पते पर संपर्क करें।

✳ WOW Publishings Pvt. Ltd. रजिस्टर्ड ऑफिस-E-4, वैभव नगर, तपोवन मंदिर के नज़दीक, पिंपरी, पुणे-411017

✳ पोस्ट बॉक्स नं. ३६, पिंपरी कॉलोनी पोस्ट ऑफिस, पिंपरी, पुणे - 411017 फोन नं.: 09011013210 / 9623457873

आप ऑन-लाइन शॉपिंग द्वारा भी पुस्तकों का ऑर्डर दे सकते हैं। लॉग इन करें - www.gethappythoughts.org
300 रुपयों से अधिक पुस्तकें मँगवाने पर १०% की छूट और फ्री शिपिंग

तेजज्ञान फाउण्डेशन – मुख्य शाखाएँ

पुणे (रजिस्टर्ड ऑफिस)

विक्रांत कॉम्प्लेक्स, तपोवन मंदिर के नज़दीक, पिंपरी, पुणे–४११०१७.
फोन : 020-27411240, 27412576

मनन आश्रम

सर्वे नं. ४३, सनस नगर, नांदोशी गाँव, किरकटवाडी फाटा, तहसील– हवेली,
जिला– पुणे – ४११ ०२४. फोन : 09921008060

e-books

•The Source •Complete Meditation
•Ultimate Purpose of Success •Enlightenment
•Inner Magic •Celebrating Relationships
•Essence of Devotion •Master of Siddhartha
•Self Encounter, and many more.
Also available in Hindi at www. gethappythoughts.org

Free apps

U R Meditation & Tejgyan Internet Radio on all platforms like
Android, iPhone, iPad and Amazon

e-magazines

'Yogya Aarogya' & 'Drushtilakshya'
emagazines available on www.magzter.com

e-mail

mail@tejgyan.com

website

www.tejgyan.org, www.gethappythoughts.org

– नम्र निवेदन –

विश्व शांति के लिए लाखों लोग प्रतिदिन
सुबह और रात ९ बजकर ९ मिनट पर प्रार्थना करते हैं।
कृपया आप भी इसमें शामिल हो जाएँ।

www.ingramcontent.com/pod-product-compliance
Lightning Source LLC
LaVergne TN
LVHW041550070526
838199LV00046B/1889
9789387696044